D E A R + N O V E L

耳たぶに愛

名倉和希
Waki NAKURA

新書館ディアプラス文庫

S H I N S H O K A N

耳たぶに愛

目次

イラストレーション／佐々木久美子

耳たぶに愛

「いくらなんでも広すぎるだろっ！」

それが石神邸《いしがみてい》の第一印象だった。

荷台の横腹に『ミサワ造園』と書かれた軽トラを運転しながら、三澤脩一《みさわしゅういち》はずっと続く白い壁を呆《あき》れた目で眺《なが》める。

「いったいどこが玄関なんだ…」

庭師である叔父《おじ》の家に転がりこみ、見習いになって半年。叔父に連れられて、手入れが必要な広い庭を持つ家を何軒も訪問してきた脩一だが、石神邸は桁外《けたはず》れの屋敷らしいとうんざりする。

叔父の治郎《じろう》の話では、石神邸は千坪《せんつぼ》の敷地を誇《ほこ》るらしい。

「せんつぼ…って、いったいなんだよ」

千坪単位の屋敷なんて庶民の感覚ではありえない。しかも現当主・石神友彦《ともひこ》は離婚歴ありの独身で、身の回りのことは使用人に任《まか》せているという。まだ四十代だと聞いた。なんて優雅で贅沢《ぜいたく》な生活。

代々続く地主《じぬし》らしいが、この平成《へいせい》の世になっても維持《いじ》できているとは、それなりにすごいことだ。

「絶対に問題アリのクソ親父なんだ」

金持ちという人種にはもともと良い印象がなかったが、庭師に対して高飛車な態度をとる者が多いことを体験し、脩一はますます金持ち嫌いになっていた。

「ああ、あった、塀《へい》が途切れてる」

やっと白い壁が途切れているところを見つけ、立派な一枚板の門扉《もんぴ》の前に軽トラを停《と》める。

門扉の横は車庫らしく、三台分ほどの幅のシャッターがぴったり閉じていた。

きっとこの中には定番の黒塗《くろぬ》りのベンツだとか、ロールスロイスだとかが収納されているのだろう。

「さて」

いつもならここで荷台から脚立《きゃたつ》やら剪定用《せんていよう》の鋏《はさみ》やらを下ろすのだが、今日はその必要がなかった。

インターホンのボタンを押すと『はい、どちらさまですか？』という柔らかな口調の女性の声が聞こえてきた。

「こんにちはー、ミサワ造園ですー」

すぐに門扉の向こう側から砂利《じゃり》を踏む足音が聞こえてきて、脇にある通用口の戸が開いた。

想像通り、白い割烹着《かっぽうぎ》を来たお手伝いさんらしい初老の女性がひょこりと出てくる。

「こんにちは、ご苦労様です。昨日、電話で聞いてびっくりしました。治郎さん、ぎっくり腰ですって？」

「そうなんです。申し訳ありませんが、庭木の剪定はしばらく延期させてもらいたいのですが」

「はいはい、それはかまいませんよ。わざわざ挨拶《あいさつ》に来てくださって、ご丁寧《ていねい》にどうも」

感じのいいお手伝いさんだなと、脩一はほっとする。仕《つか》える主人の態度をそのまま受け継ぐ高飛車な使用人にも出会ったことがあるのだ。

「治郎さんの甥御《おいご》さんなんですよね？」

「はい、そうです。脩一といいます」

「まあまあ、まだお若いのに偉《えら》いわ」

頼もしそうな目で見つめられて、脩一はぐっと言葉につまる。曖昧《あいまい》な笑顔でごまかすしかない。

庭師見習いと言っているがそれは表向きで、実はただのプーだったりする。うるさいことを言わずに家に置いてくれている叔父には感謝しているが、このまま庭師になると決めたわけではない。

「ええと、それでは今後ともミサワ造園をよろしくお願いします。叔父の具合が良くなり次第、またお電話しますので…」

「あら、もう帰っちゃうの？　お茶でも飲んでいきなさいよ」

ぐいっと腕を引っ張られて、脩一は面食らった。

「え？　あの、えっ？」

「お客様なんてめったに来ないから、私、うれしいわ」

お手伝いさんかと思っていたが、もしかしたら主人の身内だったかと内心焦《あせ》った。

「この家の旦那《だんな》様はもう部屋にこもったきりですから、話し相手がほしかったのよぉ。こんなに広い家なのに使用人は私だけなんですから」

やっぱりお手伝いさんだ。随分《ずいぶん》と自由な家らしい。

「ああ……たしか、旦那様は作家先生でしたっけ」

「そうです。うちの旦那様の御本、読まれたことあります？　彦神《ひこがみ》トモイなんて本名をもじったペンネームなんですけどね、とっても素晴らしいんですよ」

お手伝いさんは満面の笑みを向けてくるが、脩一はあいにくと読書をするようなタイプではなく、叔父にペンネームを教えられたときにも聞き覚えがなくて首を捻《ひね》ったのだった。

通用口から中に引っ張り込まれた脩一は、白い塀の内部を目にして愕然《がくぜん》とした。

「…………荒地……？」

とても資産家の庭ではなかった。

草は伸び放題、庭木も伸び放題、獣道《けものみち》のようにところどころ草が生《は》えていないのは、かろうじてそこだけは家人《かじん》が通るからか？　とんでもないありさまになにも言えない。

「あらやだ、荒地だなんて」

お手伝いさんはころころと明るく笑った。

「私が仕事をサボっているなんて思わないでくださいね。これでも精一杯、お仕事をしているんですよ。でもね、この石神家、敷地だけで千坪ありますから、とうてい私一人じゃ管理しきれません」

視線を転じれば確かに家は手入れが行き届き、軒下《のきした》には蜘蛛《くも》の巣ひとつない。

古いが温かみの感じられる日本家屋《かおく》だ。

「うちの旦那様は気難しくて、私以外の使用人を置くのはイヤだって言うんです。本当に困っちゃって」

と言いながら、お手伝いさんはため息。

「芳江《よしえ》さーん」

どこかで男の声がした。

「あら、旦那様だわ。はーい、私は玄関ですー」

「芳江さーん」

芳江というのは、このお手伝いさんの名前らしい。

寒い季節ではないからか、間口が広い玄関は開け放たれていた。長い廊下の向こうから、どたどたと荒々しい……けれどどこか頼りなさそうな足音が聞こえてくる。

「芳江さん、大変だ。老舗《しにせ》の京洛堂《きょうらくどう》が閉店だとニュースで……!」

飛び出してきたのは、着流しに裸足の男だった。四十歳くらいの中年の男は、脩一を見つけ

ると息を飲んで硬直した。

この男が石神家の現当主、友彦だろうと、脩一はまじまじと見つめる。

身長は百七十ちょっとだろうか。痩《や》せ気味《ぎみ》の体に、いまどき珍しい和服姿だ。和装に詳《くわ》しくないので織りや染めの種類はわからないが、紺色《こんいろ》の一重《ひとえ》の着物に腰で男帯を巻いている。

石神の目鼻立ちは悪くなかった。ほっそりとした顔に、上品な鼻筋と薄い唇、目尻はきりっと上がっている。髪は短く清潔そうだが、寝起きのように乱れていた。

「はじめまして、ミサワ造園のものです。いつもお世話になっています」

ぺこりと頭を下げると、石神はぱくぱくと口を動かしたが声は出ていない。

喋《しゃべ》れないわけではないだろうに、どうしたのかなと不審に思う。

廊下を走ってきたために、着物の裾《すそ》は乱れて膝《ひざ》から下が丸見えになっていた。すね毛が薄く、きれいな足をしている。

全体的に体毛が薄いのかもしれない。そういう男は肌《はだ》がきれいなんだと、脩一は過去の男たちを思い出しながら声に出さずに呟《つぶや》いた。

そう、脩一は生粋《きっすい》のゲイだった。男を見るとどうしても値踏みしてしまう。これは癖《くせ》というより習性に近いかもしれない。脩一は石神を見て、即座に「範疇外《はんちゅうがい》」の烙印《らくいん》を押した。年上は好みではない。かわいいタイプの年下の男の子が好きなのだ。

「旦那様、いつも来てくださっている治郎さんがぎっくり腰なんですって。わざわざ甥御さんが挨拶に」

「あ、そう、うん……」

もごもごと口の中で適当な相槌《あいづち》をうちながら、石神はじりりと後ずさった。

「京洛堂が閉店という話なら知っていますよ。おかみさんが電話をくれました」

「そ、そうか、いまテレビのローカルニュースで……」

「あらそうですか。おかみさんが言うには、昔から来てくれていた職人さんが高齢で、もう品質の維持が難しくなってきたらしいですよ。後継者がうまく育たなかったって。京洛堂さんの和菓子が食べられなくなるのは寂《さび》しいですね」

「う……うん」

サッと脩一から目をそらすと、石神は背を向けた。

「あっ、旦那様っ？」

芳江が引きとめようと声をかけるが、一目散に廊下を走り去ってしまった。

脩一は唖然《あぜん》と、石神が消えた長い廊下を見遣《みや》った。


石神の挙動不審には慣《な》れているのか、まったく気にしていない様子の芳江によって脩一は座敷に通され、お茶を出された。

格式ばった豪勢なつくりの座敷に圧倒されながら、思い切りよく全開にされた障子《しょうじ》の向こうに広がる雑草のジャングルに、さらに茫然《ぼうぜん》とする。

「……すごいですね」

「そうなんです。年に三回、真冬以外の季節に治郎さんが庭木の剪定をして、ついでに座敷の前だけでも草取りをしていってくれるんですけど、今年はとくに春が来るのが早かったみたいで、草の生長が早くて……」

芳江がため息混じりに愚痴《ぐち》る。

「臨時の学生アルバイトでも何人か雇って、わーっと一週間くらいで草取りしてもらったらどうですか」

「旦那様がちょっと神経質な方なので、見ず知らずの人を敷地に入れたくないと言い張って」

さっき脩一の顔を見るなり逃げるように廊下を走り去っていった四十過ぎの男を思い出す。あれを神経質と表現していいものかどうか、脩一はよくわからない。

そのとき、芳江がパッと背後を振り返った。

「旦那様、そんなところで立ち聞きはいけませんよ」

「ええっ？」

脩一がギョッとして芳江の視線の先を注視していると、半分ほど開けられていた廊下の襖《ふすま》から、石神がおそるおそるといった感じで顔を覗《のぞ》かせた。

「脩一さんが気になるなら、堂々と入ってくればいいじゃありませんか。みっともない」

芳江に母親のように叱《しか》られて、石神はしゅんとうな垂《だ》れながら座敷に入ってきた。脩一の正面に芳江が湯のみを置く。

「はい、どうぞ」

芳江は有無を言わさず石神をそこに座らせる。おずおずと座った石神は、ちらりと脩一を見ては慌てて視線をそらすということを、何度か繰《く》り返《かえ》した。そのうち疲れたように猫背になる。

「旦那様、珍しいですね。脩一さんが気に入ったんですか」

いったいどうしたらそんな結論に達するのか、芳江が微笑《ほほえ》みながら言った。

「初対面の人と、こんなふうに顔を突き合わせることなんて、旦那様はめったにないんですよ」

「はぁ……そうですか」

「軽く引きこもりですから」

引きこもりと評された石神は反論することなく黙って湯のみを凝視《ぎょうし》しているが、全身で脩一の様子を窺《うかが》っているのがわかった。

「そうだ、脩一さん。治郎さんがそんな状態なら、見習いのあなたも仕事ができないんじゃないの？」

「そうですね。まだ一人では難しいです」

難しいもなにも、真剣に庭師への道を歩んでいるわけではない。いつも叔父のまわりで切り落とした枝や葉を掃除したり、道具の手入れをしたりという仕事しかしていなかった。

「だったら、しばらくこの家に通って、庭の草取りをしてくれないかしら」

「ええっ？」

驚きの声を上げたのは、脩一ではなく石神だった。ものすごく嫌そうに端整な顔を歪《ゆが》められ、脩一はちょっとばかりカチンときてしまう。

これでも好感度は高いほうなのだ。めちゃくちゃハンサムというわけではないが、そこそこ整《ととの》った濃い目鼻立ちと、百八十八センチの長身、手足は長いほうだ。有名私大を卒業したという学歴もあって、はっきりいって、脩一はモテる。

初対面からあからさまに嫌われたことは、過去に一度もない。

第一、さっき芳江に「脩一さんが気に入ったんですか」と言われ、石神は否定しなかったくせに。

「敷地内を全部とは言いません。とりあえず座敷前の庭だけでも、やってくれないかしら？」

いつも叔父が剪定のついでにきれいにしていた範囲ということか。

「うーん、俺も暇というわけではないんで……」

脩一は考えこむ顔をつくりながら、「なんで俺がそんなことをしなくちゃならねぇんだよ」と内心、悪態をついていた。

「草取りの日当は出しますよ」

日当といっても数千円だろう。とてもやる気にはなれない。

「一日いくらくらいがいいかしら」

芳江が石神に相談するが、むっつりと黙りこんで返事がない。

「じゃあ私が勝手に決めますよ。脩一さん、一日このくらいでどうかしら？」

指を立てて示してきた金額は、道路工事の一般的な日当より多かった。

「やります」

そんなにもらえるなら引き受けてもいい。

「座敷前だけじゃなく、叔父の腰が良くなって動けるようになるまで、敷地内をできるだけやりましょうか？」

「そうしてもらえると、とってもありがたいわ」

笑顔の芳江に、脩一もにっこり微笑んだ。作業が長引けば収入が増える。

それに、脩一が通うことに異論がありそうな石神への意趣返しめいた気持ちもなくはない。

「では、さっそく今日からやらせてください」

脩一が頭を下げたら、石神が不満そうに唇《くちびる》を尖《とが》らせた。まるで子供のように。

二時間ほど黙々と草取りをしていると、芳江の声がした。

「脩一さーん、一度休憩してくださーい」

「はーい」

返事をして、抜いた雑草を手押し車に乗せ、押しながら声がしたほうへと向かった。芳江は座敷の縁側に、お茶の用意をして座っていた。

「どうぞ」

「ありがとうございます」

最初に座敷に通されたときに飲んだのは玉露《ぎょくろ》だったが、今度は香《こう》ばしいほうじ茶だった。とても美味《おい》しい。かわいらしい菓子器には薄皮のまんじゅう。上品な甘さのそれは、例の閉店間近という京洛堂のものらしい。

屋敷はしんと静かだ。どこかに石神がいるはずだが、脩一には気配を察することができない。

「旦那様の部屋ってどこですか」

「二階です。気にしなくていいですよ。私が勝手に脩一さんのことをいろいろと決めてしまったので、拗《す》ねているんでしょう」

「いいんですか？」

「いいんです。私はこの家の一切を任されていますから。三十年もここで働かせてもらっています。私がここに来たとき、旦那様はまだ小学生でした」

石神の両親が亡くなったいま、母親がわりなのかもしれない。芳江がいなくなったら石神はたぶんひとりでなにもできないのだろう。

「脩一さんのことを嫌がっているわけじゃないですよ。人見知りだからどう接していいかわからないだけです」

頷《うなず》いていいのかどうか判然としない。

四十過ぎた大人をつかまえて、軽く引きこもりだとか人見知りだとか、おかしいだろう。もっとしっかりしろと、脩一なら言いたくなる。

もっとも、脩一も定職についていないので、大きなことは言えないが。

「脩一さんはおいくつ?」

「二十七です」

「あら、けっこういっているのね。ずいぶん前から治郎さんのところにいたのかしら? 見かけなかったけど」

「まだ半年ですから。実は大学を卒業したあとに就職した会社が倒産しまして、行くところがなかったのを叔父が拾ってくれたんです」

「あらあら、大変だったのね。そう」

実は会社が倒産してから叔父のところに行くまで、二年ほど間がある。いつまでも再就職先を探さずに実家でごろごろしていたら、両親に追い出されたのだ。

ごろごろしているのは楽だったが、両親に毎日ちくちくと嫌味を言われることに疲れてきていたのでちょうどよかった。

独身の叔父は一人暮らしで、昔から甥の脩一には甘かった。転がり込んできた脩一に「気がすむまでここにいればいい」と言ってくれている。

「治郎さんの後を継いで、庭師になるのかしら？」

「そうですね……」

「まだお若いから、これからですね。旦那様が作家としてデビューなさったのも、二十七歳のときなんですよ。今年でちょうど十五年で」

ということは、いま四十二歳ということか。

「いつも着物なんですか」

「だいたいそうですね。外出するときはスーツですけど」

軽く引きこもりでも外出することがあるらしい。「へぇー」と頷きながら、美味しいほうじ茶を飲む。

「いまごろどこからか、こっちの様子をこっそり窺っていると思いますよ」

思わずブッと吹き出してしまうところだった。こんな屋敷の当主が、使用人と臨時バイトの様子を覗き見？

芳江はふふふ、と含み笑いを漏《も》らす。

「絶対に脩一さんのことが気になって、原稿なんて書けやしません」

それはいったいどう受け止めたらいいのだろう……？　深意を突っ込みたいところだが、なんだか嫌な予感がして、脩一はさっさと作業に戻ることにした。

「じゃあ、あと二時間くらいやったら今日は終わりにします。明日は九時に来ます。それで五時まで。いいですか？」

「はい、わかりました」

「何日かかるかは、まだ見当がつけられなくてはっきり言えないんですけど……」

「いいですよ。無理のないペースで、お願いします」

芳江はにっこり笑って湯のみを片付ける。縁側から座敷を通りぬけ、襖の向こうに消えたと同時に、男の声が聞こえた。

「芳江さん、あ、あのひとに、余計なことを言わないでください」

石神だ。芳江の推察どおり、どこかから縁側の様子を窺っていたらしい。

「私が、気にしているとか、原稿が書けないとか……」

「あら、間違っていました？」

「う……」

頼りない声と内容だけを耳にしていると、上品に整っていた端整な容姿が幻のように思えてくる。黙って座っていれば国語の教科書で見た太宰 治《だざいおさむ》のような渋い雰囲気があるのに。

「ま、どーでもいいけどね」

石神家が叔父のお得意様であり続けてくれるなら、脩一には当主の容姿も性格も関係ない。

雑草の中にざかざかと入っていく。それから二時間、脩一は集中して草取りをした。


初日のノルマを終え、さて芳江に挨拶をして帰ろうとしたところだった。

「あ、知らない人だ」

唐突に子供の声が聞こえてきた。振りかえると、雑草の向こうになんと学ランを着た美少年が立っている。

中学生だろう、まだ幼さを残した丸い頬《ほお》と丸い目がかわいらしい。髪はさらさらと耳にかかるくらいで、いまどき染めておらず漆黒《しっこく》だ。キューティクルも完璧なのか、天使の輪っかが光っている。

「こんにちは、草取りのバイトさんですか?」

「ああ、まぁ…そんなもんだけど…」

「父さんがよく許したなぁ」

不思議そうに首を傾《かし》げるしぐさは、あまり男っぽくない。声変わりがまだなのか、トーンは高かった。学ランを着ていなかったら、絶対に女の子と間違えられるだろう。

「父さんってことは、この家の子供か？」

そういえば叔父に聞いた。石神には息子が一人いて、別れた妻が引き取っていったと。

「いまは一緒に住んでないけど、息子だよ。杉本恵《すぎもとめぐむ》。中三」

「…………似てないな……」

線は細いが男っぽい石神とは似ても似つかない、かわいらしさだ。

「よく言われる。オレは母さんに似てるから」

あははは、と恵は明るく笑った。

ああ、和《なご》むな——と脩一は内心で呟いた。やっぱりかわいい男の子は心が和む。恵は脩一のストライクゾーンど真ん中だったが、いかんせん、中学生に手を出したら犯罪者になってしまう。せめて十八にならなくては。

三年後に恵がどう成長しているかわからないが、とりあえずいまは観賞用というところだろう。

「あ、父さーん」

恵がいきなり手を振りながら二階に叫んだ。振り返ると二階の端の窓から石神がこちらを見下ろしている。バチッと目が合った。とたんに石神は頭を引っ込めて窓を閉めてしまった。ご丁寧にカーテンまでも。

「あれぇ、どうしたんだろ、父さん」

恵が驚いた顔で呟く。自分と目が合ったせいだろうと脩一にはわかっていたが、どうしてそこまで意識的に避けられるのかがまったくわからなかった。

「あらあら、恵さん、いらっしゃい」

芳江が恵の来訪《らいほう》に気づいて縁側から出てきた。

「こんにちは、芳江さん。父さん、どうかした？　いまここから声かけたら引っ込んじゃったんだけど」

「脩一さんがご一緒だったからじゃないですか？」

「脩一さん？　この草取りの人？」

「庭師の治郎さんの甥御さんなんですよ。治郎さんがぎっくり腰で庭木の剪定ができなくなったんですって。それで代わりに、しばらく庭の草取りをしてくれないかと頼んだんです」

「ああ、なるほど……」

恵は黒い目をきらきらさせながら脩一をまじまじと眺めてきた。芳江もいまさらながら脩一の全身をじっくりと見つめてくる。まるで品定めをされているようで、気持ちのいい視線ではない。

「しばらくの間、毎日来てくれるの？」

恵に期待がこめられた表情で聞かれて、そのつもりだった脩一は頷いた。

「芳江さん、グッジョブ！」

「ありがとうございます」

恵と芳江は、脩一には理解不能なアイコンタクトで頷きあい、にこにことうれしそうに笑っていた。


「え……昼飯ですか？」

二日目、脩一《しゅういち》は約束どおり九時に石神邸《いしがみてい》に行き、草取りにとりかかった。十二時前に芳江《よしえ》が声をかけてきたときは、そろそろ昼休みにしてくれと言うだけかと思っていたのだが——。

「一緒に食べてください」

通されたのはダイニングだった。四人掛けのテーブルには、三人分の食器がきれいに並んでいる。

「えっ、俺もですか？　一応、弁当を持ってきたんですけど…」

「軽トラの助手席に置いてあったアレのこと？　コンビニのお弁当を悪く言うつもりはありませんけど、まだ若いんですから、できるだけ偏《かたよ》らない食生活を心がけたほうがいいですよ」

それはわかっているが。

「でもあの、こんな汚い格好だし」

「気にしないでください。恵さんがいたころは、もっとすごい格好のまま上がってきて平気で食べていたものです」

それとこれとは違うような気がするが、こんなにすすめられて頑固に断るのも悪い。

「じゃあ、お言葉に甘えて…」

「たいしたものはないんですよ。旦那《だんな》様は特に美食家ではないですから」

「いえ、充分です」

春らしい筍《たけのこ》の煮物、菜の花のお浸《ひた》しなどとともに、熱々の鶏《とり》のから揚《あ》げがある。これはきっと若い脩一用に芳江が作ったのだろう。

「芳江さん、午後に編集から電話が……」

石神がダイニングに入ってきた。脩一と目が合うと、ピキンと硬直する。まさかいるとは思わなかったという感じだ。芳江は主人の許可を得ずに脩一を中に入れたらしい。

「よ、芳江さん、どうして……」

「お昼ご飯がコンビニのお弁当だと知ってしまったものですから、もっと栄養価の高い、体にいいものを食べさせてあげたいと思ったんです。同席でもいいですよね？」

芳江が邪気のない笑顔で石神に言う。特に反対する理由が思いつかなかったのだろう、石神は「うぅ…」と呻《うめ》いたきり黙り、脩一の向かいに座った。

「旦那様、さっき言いかけていましたけど、午後に編集から、なんですか？」

「あ、う……、電話があると思う……と」

「電話ですね、わかりました。はい、どうぞ」

お櫃《ひつ》からご飯をよそい、芳江はそれぞれの前に置いてくれた。

「…………いただきます」

石神が蚊《か》の鳴くような声で言い、箸《はし》を手にする。脩一も同じようにして食べはじめたが、石神が異様なほどに下を向いたまま食べているので、だんだん気の毒になってきた。

「あの、石神さん」

思い切って声をかけたら、石神が飛び上がった。茶碗《ちゃわん》がひっくり返りそうになり、慌ててお手玉している。

「な、な、なんだ……？」

「俺がいると食べにくいなら、時間をずらしてもらっていいですけど」

「あら」

芳江が目をパチパチと瞬《しばた》かせて脩一と石神を交互に見てくる。だがなにも言わない。脩一は石神の返答を待った。

「…………あ、あの、食べにくいということは……ないよ。ただその……緊張して……」

「だから、慣《な》れない人間に緊張してしまうのはわかります。そんな食べ方では消化に悪そうですし……」

「いや、大丈夫だ」

ガバッと石神は上体を起こして猫背をまっすぐにした。眉間《みけん》に皺《しわ》を寄せ、頬《ほお》を赤くして、姿勢正しくご飯を食べる。目だけは変わらず伏せていた。

「ふ、不快な思いをさせて、悪かった。気をつけるから、君は、このままここで食べればいい」

「そうですか……」

そこまで言われたら席を立つことはできない。釈然《しゃくぜん》としないまでも、脩一は食事を再開した。

石神はどう見ても、ぎくしゃくと壊《こわ》れたロボットのようにしか動けていない。そのうち喉《のど》をつまらせるのではと、脩一は心配になってきた。

ついじっと見つめていると、視線を感じるのか、じわじわと耳が赤くなってくる。形がいい耳だなと思った。

鮮やかな紅色《べにいろ》の耳たぶがとても柔らかそうで、脩一は観賞しながら感触を思い描いていた。

二階のカーテンが、見上げるたびにちらちらと動く。脩一《しゅういち》は首にかけたタオルで額《ひたい》の汗を拭《ぬぐ》うふりをしながら、うんざりとした。

草取りも四日目ともなれば慣《な》れてきて、周囲に気を配る余裕ができてくる。

二階の端の部屋が昼間でもカーテンを閉め切っていて、時折見上げるとそのカーテンが揺《ゆ》れ動《うご》くことに気づいたのは二日目の午後だ。たぶん、石神《いしがみ》が庭の脩一を眺《なが》めているからだろう。

二日目からずっと石神と昼食をともにしている。なにか聞きたいこと、言いたいことがあれば言えばいい。カーテンの隙間《すきま》から眺めるだけというのは、どうにも苛々《いらいら》した。

「……どういうつもりだよ」

なにを考えているのか、石神のことがさっぱりわからない。作家というのは奇々怪々な行動をとる生き物なのだろうか。

疑問を直接聞きたいが、引きこもりの作家先生は繊細そうで、下手なことを言って仕事ができなくなったら脩一には責任を取ることができない。

その日、三時のお茶の時間に、脩一は石神の離婚理由を芳江《よしえ》から聞いた。

「まぁ……性格の不一致というものかしら…。奥様も、ずいぶん辛抱《しんぼう》なさっていたんですけどねぇ」

「辛抱って、引きこもり状態を？」

「そんなことは問題じゃありません。作家先生ですから、部屋の中だけで仕事をすることに、なにも不都合はありませんもの。ただ、その……まぁ、いろいろと」

「奥様が自由奔放《ほんぽう》なひとだったとか？」

言外に浮気を匂《にお》わせたら、芳江は首を横に振って否定した。

「とってもいい方でしたよ。真面目《まじめ》で、明るくて、恵《めぐむ》さんの教育に関しても熱心で」

学ランの美少年、恵。できればまた会いたいものだ。かわいい生き物は癒《いや》しになる。

「恵君、別居している父親の様子を頻繁《ひんぱん》に見に来るなんて、親思いのとてもいい子なんですね」

「そうなんですよ、恵君はとってもいい子。大切に大切に育てられた、一人息子ですからね……。奥様は、本当はもっと子供が欲しかったんですよ」

寂《さび》しそうな芳江の横顔を見ていて、離婚理由は性格の不一致ではなく、性の不一致だなと脩一は察した。そんなことは、はっきり口にできなかったが。

草取りの手を止めて、二階の端の部屋をじーっと見つめてみる。カーテンがゆらりと揺れた。

そのあともじーっと凝視《ぎょうし》していると、またカーテンがゆらゆらと揺れ、そのうちガタンとなにかの物音がした。

脩一からはまったく室内の様子は見えない。石神からはよく見えているだろうが……。

「あ、脩一さんだー。こんにちはー」

元気な声がかかった。恵だ。学ランの天使は脩一を見つけると、草をかきわけて近づいてきた。

「すごーい、ちょっときれいになったね」

「まあな」

「ねぇねぇ、脩一さんって治郎《じろう》さんのところに来る前は商社に勤めていたんだって？　英語できる？　ちょっとだけでいいから宿題みてよ」

「中学の英語なんて、うまく説明できるかどうかわからないぞ」

「いいから、ほら。草取りはしばらく中断。オレが許すから」

恵が無邪気な笑顔で脩一の腕にぶら下がってきた。そのまま座敷の方にぐいぐいと引っ張られていく。

ふと視線を感じて二階を見上げれば、閉められていたはずのカーテンと窓は半分ほど開けられ、なにやら悲しそうな顔をした石神が身を乗り出して脩一たちを見下ろしていた。

「あれ……？」

その眼差《まなざ》しに、覚えがある。

これは、もしかして――。

「あ、父さーん」

恵が手を振ったが、石神は返事もせずにピシャリと窓を閉めてしまった。


「うん、父さんはゲイだよ」

宿題が終わった恵は、あっさりと認めた。あまりにもためらいがない返答に、脩一は唖然《あぜん》とする。

「おまえ……親父がゲイって、平気なのか？」

「最初に聞いたときはびっくりしたよ。だけど仕方がないだろ。母さんだってそう言ってた。こういうのはどうしようもないって」

「……離婚理由はそれか」

「みたいだね」

恵は愛らしい黒い目を天井《てんじょう》に向け、難しい顔になる。

「オレは直接、父さんに詳《くわ》しい話を聞いたわけじゃないから、あくまでも母さんからの情報だけど……父さんは母さんにゲイじゃないかって指摘されるまで、気づいていなかったんだって」

芳江がため息をつきながら言っていた、『奥様は二人目を欲しがっていた…』というくだりが、脩一の耳の奥によみがえる。いつ自分のセクシャリティに気づくかは、人それぞれだ。脩一は思春期のころに自覚したが、石神のように結婚して子供をもうけたあとではっきりしてくる人もいる。

「母さんは見切りをつけたら早いんだ。父さんとはもう夫婦としてやっていけないって悟ったら、オレを連れてさっさとここを出ちゃった。五年くらい前のことだけど」

「おまえのあっさりした性格は母親譲《ゆず》りなのか？」

「そうなのかな。でもまあ、父さんには似ていないよね」

恵はあははは、と快活に笑う。その明るい笑顔がしみじみと、かわいい。

「それでさ、離婚したあと、父さんってば男の人と付き合ってみたんだよ」

「へぇ…、チャレンジしたのか」

「父さんにしては勇気ある行動だったと思うよ。本当に自分がゲイなのか確かめてみたかったのかもね。オレ、相手に何度か会ったけど、顔だけの最悪男だった。父さんってば、どーしてこんな男を選んだのかって、呆《あき》れちゃった」

そのときのことを思い出したのか、恵は両手で頭を抱《かか》えこむ。

「父さん、面食いだったんだよ。たしかに母さんもきれいな人だけど、顔で選ぶなよ～って泣きたくなった。芳江さんも大変だったんだから」

どうやらこの家に上がりこみ、面倒事を引き起こしたらしい。石神が金持ちだと知って、そのおこぼれにあずかろうとしたのだろうか。

「だからさ、芳江さんと話し合ったんだ。父さんの次の相手は、オレたちで見つけてあげようって」

にこ、と笑って恵は脩一を見つめる。

………非常に嫌な予感がする笑顔だ。

「脩一さんって、ノンケの人？」

「……そうだ。当然だろう」

「うそー。男の人もOKでしょ」

「なんでそう思うんだ」

「父さんの話に動じないから」

特に隠そうとしていないからだろうが、バレて指摘されるのは居心地が悪い。

「ゲイの世界では、タチとか、ネコとか、あるんだよね」

「ああ、まぁな…」

そんなかわいい顔で下品な用語を口にしないでほしいのだが。

「脩一さんはタチ？」

「そう見えるか」

「ちがうの？」

「いや、当たっている」

「父さんはネコなんだって」

美少年の口から飛び出る言葉としては、最悪だ。本当に意味がわかっているのかと、問い詰めたくなる。

「いま恋人っている？」

「どうしてそんなことを聞くんだ」

嫌な予感はますます強くなってくる。

恋人というものは、いまの脩一にはいない。しかし、正直に答えることをためらわせる恵の笑顔だ。

脩一は相手をとっかえひっかえして発散できればいいという性格ではなく、できれば一人と長続きさせたいと常に思っている方だ。だが気に入る相手は年下の男ばかり、若さゆえか移り気な者が多く、なかなか続かなかった。

無職になってから満足に夜遊びもできなくて、あの界隈《かいわい》からは足が遠のいている。ゲイ仲間とも、連絡が途絶えていた。

いまは完全にフリーの状態だ。

「父さんはいま一人なんだ」

「…………だから、なに」

「恋人がいないなら、父さんと付き合ってあげてよ」

やっぱり――――。脩一はがくりと肩を落とした。嫌な予感は当たっていた。

叔父《おじ》のお得意様がゲイでお仲間だろうが最悪男に引っかかって揉《も》めた過去があろうが、そんなこと脩一はまったく気にしない。関係ないからだ。できればこのまま関係を作りたくない。

頼んでもいないのに、勝手にお見合いまがいのことをされては迷惑だ。

「あのなぁ、俺にだって好みはあるんだ。男ならだれでもいいってわけじゃない。ゲイを馬鹿にしてんのか」

　恵じゃなければ殴《なぐ》っているところだ。

「別に馬鹿になんかしてないよ。脩一さんってさ、たぶん父さんの好みど真ん中だと思うんだ。背が高くて、そこそこの男前で、若くて、筋肉質の体をしてて、でもマッチョじゃなくて。加えて、お金持ちだからって変に媚《こ》びないところが、オレと芳江さんの好感度高し」

「そりゃどーも…」

「父さん、脩一さんのことすっごく意識しているみたいだよ」

　意識されまくってるのは気づいていた。

　だがそれは人見知りのせいだからと思っていた。そうであってほしかった…。

「頭痛いぜ……」

「え、どうして？　父さん、ちょっと歳くってるけど、悪い人じゃないよ」

「良い人だろうが、悪い人だろうが、俺はとにかく一回り以上も年上はタイプじゃないんだよ。はっきり言って、年下のかわいい男の子にしか食指が動かない。どっちかってーと、息子のおまえのほうが好みだ。百歩譲っても、つきあいたいのは親父の方じゃない」

「ええっ、オレ？」

　恵は丸い目をいっそう丸くした。

「ダメだよ。オレ、普通に女の子が好きだもん。カノジョだっているし」

「いるのかよ。生意気だな」

「中三でカノジョがいるのって、別におかしくないよ」

恵は子供っぽく唇《くちびる》を尖《とが》らせて拗《す》ねる。

こんなにかわいい顔をしておきながら、女がいるとは。

「オレはダメだからね」

「わかってるって。たとえおまえにその気があったとしても、中学生に手を出すほど節操ナシじゃねーよ。捕まりたくない」

「ああ、そっか」

自分の年齢を思い出したのか、恵は納得顔でポンと手を打つ。

「でも、うーん……ホントに父さんはいや？　脩一さんはぴったりだと思うんだけどなぁ」

「何度も言わせるな。俺は年下のかわいい系がタイプなんだよ」

脩一がもう一度言い切ったとき、廊下でガタンと音がした。恵が反応よくサッと立ち上がり、見に行く。

「父さん！」

恵の驚いた声に、脩一もびっくりした。

つい立っていって廊下を覗《のぞ》いてしまう。

恵に袖《そで》を摑《つか》まれて、石神がしょんぼりとした様子で立ち尽くしていた。表情はよく見えないが、暗い雰囲気はよくわかる。どうやら立ち聞きしていたらしい。

脩一がきっぱりと「タイプじゃない」と言い切ったので、ショックを受けたのか——。

「父さん、ごめんね。オレ、余計なことしちゃったね」

恵の宥《なだ》める言葉に、石神は力なくふるふると首を横に振っている。恵に袖を掴まれて引っ張られているせいか、襟《えり》が乱れて鎖骨《さこつ》が片方だけ露《あらわ》になっていた。

やっぱり想像通り、肌《はだ》がきれいだな……と脩一は感心する。とても四十過ぎの男の首もとではない。けっこう艶《つや》めいて見えた。

触《さわ》ったらすべすべだろう。ふと感触を思い浮かべてしまい、慌てて危険な妄想を打ち消した。危ない、危ない。あやうく石神を性欲の対象として見てしまうところだった。

石神が顔を上げ、脩一と目が合った。

泣いているような表情が、一瞬できりりっと引き締まり、脩一を睨《にら》みつけてくる。

まるで「こっちだって、おまえのことはタイプじゃないぞ」と反抗しているような目だった。

石神はぷい、と顔をそらすと、恵の手を振り払って廊下を足早に遠ざかっていく。

「父さんっ」

恵の呼びかけを無視して、階段をトントンと上がってしまった。

「あー…失敗した。マズった。大丈夫かな、父さん……」

恵の後悔と心配が滲《にじ》んだ呟《つぶや》きを、脩一は他人事として聞き流した。

数日後に、わが身に降りかかってくるとも知らずに。

静かな石神邸《いしがみてい》に電話の呼び出し音が鳴り響く。

めったに鳴らなかった電話が毎日鳴るようになったのは、「タイプじゃない」と聞かれたころからだった。

あのあとも、昼食と三時の休憩時間はかならず石神も同席していた。

脩一《しゅういち》がきっぱり拒絶したことを鬱々《うつうつ》と悩んで、ますます部屋に引きこもるかと思っていたのだが、石神は澄ました顔で出てきていた。

だから、まさかこんな事態になっているとは思ってもいなかったのだ。

三日に一回の電話が一日一回になり、さらに三時間おきになって二日目、昼食中に電話が鳴った。ダイニングテーブルを囲んでいた三人――石神、芳江《よしえ》、脩一は、ほぼ同時にぴくりと反応する。

席を立って、壁に取り付けてある子機を取ったのは芳江だ。

「はい、はい、旦那《だんな》様ですか？」

ふりかえった芳江に、石神は青い顔でぶるぶると首を横に振っている。

「いまちょっと散歩に出ていまして……ええ、そうですね、わかっています。気分転換でほんの十分ほど、外へ出ただけですから」

芳江は居留守を使ったようだ。脩一の前で、石神は箸《はし》を握《にぎ》りしめたまま、俯《うつむ》いて硬直している。息さえ殺しているような感じだ。

「はい、伝えておきます。ご苦労様です。それでは、失礼します……」

芳江は子機を戻してから、ため息をついた。沈痛《ちんつう》な面持《おもも》ちで席に戻ってくる。

「担当さん、そうとう困っている様子でしたよ、旦那様」

「…………うん」

石神は蚊《か》の鳴くような声で頷《うなず》く。

「今度かかってきたら、きちんとご自分で話してくださいね。居留守を使うのはもう限界です。たぶん向こうもわかっていると思いますけど」

石神はしょぼんとうな垂《だ》れる。首が折れてしまいかねない、激しいうな垂れ方だった。

「……もしかして、原稿が進まない、とか……ですか?」

目の前のやりとりで、だいたい察しがつく。こういうときは黙っていたほうがいいとは思うのだが、身近に作家などという職業のものがいなくて、脩一は物珍しさからつい口を出してしまった。

「まあ、はっきり言ってしまえば、そういうことなんですけどね」

芳江が苦笑しながら肯定《こうてい》した。石神は無言でますますうな垂れる。お茶碗《ちゃわん》に前髪が入ってしまいそうだ。これは相当のスランプなのだろう。

「どうも三日前あたりから、一行も書けていないらしくて」

石神がパッと顔を上げた。

「芳江さん、部、部外者に、そんなことを言わないでくれ…っ」

部外者――脩一はカチンときた。

たしかに部外者だが、十日あまりも毎日こうして食事をともにしているのだ。面と向かって部外者と線を引くことはないだろう。

「私の原稿は、この人にはなんら関わりのないことだから……」

「そうですね、俺にはまったく関係ないですね。草取りをしている屋敷の旦那様がスランプに陥《おちい》っていようが、逆に調子よくすらすらと書けていようが、俺にはこれっぽっちも関係ありません」

箸を置き、鼻息荒く言い捨てる。なんだか非常にムカついた。

「部外者だから、俺はとっとと草取りに戻ります」

ここまではっきり嫌味を言ったのは、もしかしてはじめてかもしれない。二十七にもなって大人気ないと思いつつも、口が止まらなかった。

「余計な口を出してすみませんでした」

「あ……」

石神は箸を持ったまま茫然《ぼうぜん》と脩一を眺《なが》めている。

「よく考えたら、少しくらい石神さんの仕事が遅れようが、俺の日当に影響は出ませんよね。資産家なんだし。ま、ほどほどに頑張ってください」

ごちそうさまでした、と芳江に頭を下げ、脩一は席を立つ。石神は座ったまま固まっていたが、脩一は無視して外に出た。ひどく腹が立っている。

それから一時間くらい、無心で草取りをした。腰が痛くなってきて、立ち上がる。二階の窓を見遣《みや》れば、またもやカーテンがゆらゆらと揺《ゆ》れた。

あそこから石神が自分を見ている。飽《あ》きずによく見ていられるものだ。そんなに気になるなら、もっと近づいてくればいいのに。もっと話しかけてくればいいのに。部外者なんて、言わなければいいのに。

そうすれば、脩一だってもっと穏便な態度で話をする。嫌味をぶつけたりしない。自分はもともとこんなに攻撃的な人間じゃないのだ。

石神のせいで苛々《いらいら》させられている事実に、よけい腹が立った。

タオルで額《ひたい》の汗を拭《ふ》き、ひとつ息をつく。平常心に戻ろうと、深呼吸してみた。

「気にしなきゃいいんだよ。あのオヤジのことなんか。そう、無視だ、無視」

いまは草取りの仕事中だと自分に言い聞かせ、脩一は作業を再開したのだった。

石神《いしがみ》のスランプがなかなか根深いものらしいとわかったのは、それから数日後だった。恵《めぐむ》がやってきて、庭の片隅《かたすみ》、芳江《よしえ》と沈痛《ちんつう》な面持《おも》ちで相談しはじめたのだ。修一《しゅういち》に話が聞こえるような場所をわざと選んでいるとしか思えない。

「どうしよう、このまま書けなくなっちゃったら……。オレのせいかも」

「恵さんのせいなんかじゃないですよ。旦那《だんな》様の心の問題ですから」

「でもさぁ、あの日からスランプがはじまったと思うんだよ」

恵は憂《うれ》い顔《がお》でため息をついている。快活な恵もかわいいが、アンニュイな表情はまた別の魅力があった。思わず「大丈夫だよ」と抱きしめて慰《なぐさ》めてあげたくなってしまう。そんなことはさせてもらえないだろうが。

「ねぇ、脩一さん」

くるりと振り向き、脩一を手招《てまね》きする。

「なんだよ」

仕方なく脩一は手を止めて軍手を脱ぎながら話に加わった。

「父さんのこと、やっぱりタイプじゃないからダメ？」

「またそのことかよ……」

脩一は口を歪《ゆが》めてみせたが、恵は怯《ひる》まない。

「だって、あのときからなんだ、父さんが書けなくなったのは」

「あのときって？」

「脩一さんにオレが、父さんと付き合ってやってって頼んだとき。脩一さんはすぐにタイプじゃないから無理って断っただろ。それを父さんは立ち聞きしていたじゃないか。あのとき、嫌な予感がしたんだよ～」

恵は両手で髪をわしわしとかき回しながら苦悩の呻《うめ》きをあげる。

「あの日から今日で一週間、父さんってば一行も書けてないんだって。オレんとこに編集さんからＳＯＳの電話があったんだ」

息子に助けを求めるとは、とんだ編集者がいたものだ。だがそれほど切羽詰まっているということなのだろうか。

「社運がどうのって訴えられても、オレにはどうすることもできないよ～」

「俺にだってできることとできないことがある」

恵はしばらく愚痴《ぐち》っぽいことを並べ立てていたが、脩一が聞いていないことに気づくと、しょんぼりと肩を落として帰っていった。

その後ろ姿が、やはり親子だからか、石神にすこし似て見えた。

その日の夕方、そろそろ作業を終えて片付けに入ろうとしていたら、見知らぬ男から声をかけられた。

「君が、三澤《みさわ》脩一君ですか？」

柔和《にゅうわ》な笑顔のふっくらとした体型の男は、地味なねずみ色のスーツ姿だった。

小脇に抱《かか》えているのは、出版社の社名がはいった大判の茶色い封筒。これが恵の言っていた例の編集者かと、脩一は「そうですが」と立ち上がりながら頷《うなず》いた。

「ちょっと話をしたいんです。時間をもらえませんか」

「仕事中なんですけど……」

「もう終わりでしょう？　本当に少しだけですから、こっちに来てくれませんか」

お伺《うかが》いをたてる口調ながら、態度は有無を言わさぬ強引さだ。脩一の腕を掴《つか》むと、庭の奥の方へと入っていく。脩一は仕方なくついていき、男と向き合う。

「私はこういう者です」

出された名刺には、やはり出版社名と編集という肩書き、その下に稲垣《いながき》という名前が印刷されていた。

「恵君から聞きました。先生がスランプに陥《おちい》ったきっかけを」

稲垣の小さな目は、真剣な光を帯びている。鬼気迫るものがあって、怖かった。

「ぜひ、あなたに協力してもらいたい」

「協力…？」

「先生をスランプから救ってあげてほしいんです。このままでは原稿がダメになるだけでなく、先生は作家としてのチャンスを棒に振ることになるかもしれないんです」

チャンスって一体なんだ？

「いまのタイミングで出版しないと、今年度の賞を逃《のが》してしまう。昨年度、はじめてノミネートされて、今年も続けてノミネートされれば——」

ノミネート云々《うんぬん》というのは、児童文学の中でもっとも権威のある賞のことらしい。

石神が書いているものが児童文学とは知らなかった。てっきり堅苦しい文芸作品を、難解な言葉を連《つら》ねて書いているとばかり思い込んでいた。

古い日本家屋《かおく》に住み、普段着が和服なら、たいていの人はそういうものを書いていると思うのではないだろうか。

稲垣は必死になって説明してくる。

「言っては何ですが、先生は地味な作風です。受賞したという話題がほしい。そういったきっかけで、より多くの人が先生の本を手にとってくれるかもしれません。もちろん受賞すれば先生の励《はげ》みにもなります。このままスランプが続けば、確実に本は出版できません。我々の期待を裏切ってしまったことで、先生は一層落ち込むでしょう。さらにスランプがひどくなれば、作家として立ち行かなくなってしまう。あの人は作家しかしたことがないんです。いや、作家しかできない人だ。書けなくなったらなにもなくなってしまう」

ひどい言い様だと思ったが、たしかに石神はそういうところがあるのだろう。

「資産家で働かなくても困らないから書けなくてもいいというわけではないと、わかりますよね」

「ああ、まあ……」

「恵君もひどく心を痛めています。私も、このまま先生をダメにしたくない。先生の心温まる素晴らしい作品を、もっともっとたくさんの人に読んでもらいたいと思っています」

稲垣の熱意はすごい。脩一は迫力に押され気味だ。

「この不景気なご時勢、わが社もあまり余裕がありません。情けないことですが、先生の原稿をのんびりと待っていることができないんです。私としては、いつまでも、書けるまで待っていたいのですが賞を逃したくないんです」

なかなか厳しい状況だと言いたいのだろう。脩一は出版業界のことはまったく知らない。だが世間が不景気であることは知っている。

「だから、あなたに協力してもらいたい」

もうお馴染《なじ》みになってしまった嫌な予感がしていたが、稲垣の怖い目から視線をそらすことができないでいた。

「先生はあなたのことを気に入っているそうですね。優しくしてあげてくれませんか」

それはつまり——。

「一晩でいいんです。先生に夢を見させてあげてください。そうすれば、きっと先生は原稿を書くことができます」

やっぱり。

「俺に、石神さんを抱けってことですか」

端的《たんてき》に言えばそうだろう。

稲垣はにっこり微笑《ほほえ》んだが、頷きはしなかった。食えないヤツだ。

恵はおなじようなことを言っているが、一晩でいいなんて一度も言っていない。あくまでも、父親と付き合ってくれと脩一に頼んできている。

石神と付き合う気はまったくなかったからいままでは完全に聞き流してきたが、一晩だけという約束ならできないことはない。

「できませんか？」

脩一が黙っているので、稲垣が揉《も》み手《て》をしながら上目遣《うわめづか》いで見つめてくる。

「いや、できないことはないが……石神さんはそれでいいのか？　俺が一晩だけ慰めるなんて、あの人が了承するとは思えないんだが……」

「ああ、それはそうでしょうね。ですから、先生には詳《くわ》しいことを言わないで、あなたが夜這《よば》いをかけるという方法でどうでしょう？」

「夜這い？　そりゃすごい」

古風な響きの言葉に、脩一は苦笑した。

「つまり寝てやって、スランプから脱出させればいいってことか。その後のフォローはあんたがしてくれるんだな？」

「えっ、私がですか」

「当然だろ。あんたが言いだしっぺじゃないか」

「ああ、まぁ、そうですね、えーと、じゃあ、もしものときは…私がなんとかします……」

自信なさげに稲垣は何度か頷く。

「マジであんたが責任持て」

「……はい」

稲垣は半《なか》ば引きつった笑みを浮かべた。頼りがいのなさそうな男だが、脩一よりもずっと石神のことをよく知っているはずだ。

「だ、大丈夫ですよ。そもそも、私とあなたが黙っていればだれにもバレません。ね、そうでしょう」

「まあな」

「もし、もしも、先生にバレたとしても、きちんと原稿が完成して本になり、それがたくさんの読者の心を震わせ山ほどの反響になって届けば、作家にとって滋養《じよう》になる……はずです。それに、辛《つら》いスランプも、ちいさな失恋も、賞を取ることができればきっと忘れますよ!」

まるで自分自身に言い聞かせるような口調で、稲垣は拳《こぶし》を握《にぎ》る。

楽観的な予測を鵜呑《うの》みにするつもりはないが、責任を取ると頷いたのだから、脩一はもしものときのフォローには関知しないことにする。

「じゃあ、俺のメリットは? タイプじゃないオヤジを抱いて、俺にはなにか報酬《ほうしゅう》がもらえるんだろうな」

鬼畜な編集が用意したご褒美《ほうび》はいったいなんだろうと、脩一はわくわくしてきた。稲垣はさながら時代劇に出てくる悪徳材木問屋のようないやらしい笑みで、脩一の耳にこそっと囁《ささや》いた。

「美少年がお好きだとか。私の知り合いがそういった店を経営していましてね、とっておきの子を紹介しますよ」

どうしてそんな知り合いがいるんだというツッコミは、このさいしないでおいた。

美少年好きと稲垣に吹き込んだのは恵だろう。脩一はべつに美少年が好きなわけではない。年下のかわいいタイプが好きなだけだ。

「……紹介かぁ。う〜ん、俺、いま無職で金ないし、ウリ専の子を紹介されても買えないぜ。それに、遊びでヤルだけってのは嫌なんだけど」

「わかりました。では真剣交際を前提にということですね。そういう子を探してみます。まかせてください」

稲垣は気合いたっぷりでガッツポーズをする。

「で、俺はいつ夜這いすればいいんだ？」

脩一が引き受けたとわかる態度を示すと、稲垣がパァッと明るい笑顔になった。

「邪魔が入らないように、私がなんとかして芳江さんを早退させる日をつくります。あなたは作業のあと、帰らずにこの家に留《とど》まり、先生の部屋へ忍んでいってください」

メールアドレスを教えてくれと言われ、交換しあう。追って連絡します、と言い置いて、稲垣はこそこそと帰っていった。

石神に夜這い。四十過ぎの年上の男を抱くのははじめてだ。いったいどういう感じなのだろう？

石神を騙《だま》すような形で抱く、一種の悪巧《わるだく》みをしている罪悪感と、未知の領域に踏み込む冒険心が湧いてくる。

帰りにドラッグストアへ寄り、あたらしい潤滑剤《じゅんかつざい》とゴムを買ってこようかなと、脩一は思った。


翌日のことだった。

「脩一《しゅういち》さん、急なことなんですけど、私いまから出かけなくてはならなくなりました」

草取りをしているところに芳江《よしえ》がやってきた。

「五時になったら切り上げて帰ってください。そのときに二階の旦那《だんな》様に一言、声をかけてくださいませんか。ご自分で戸締まりすると思います」

「なにかあったんですか？」

昨日の今日で稲垣《いながき》が動いたとは思っていなかったので、芳江の落ち着きのなさに、身内に不幸でもあったのかとにわかに心配になった。

「なにかあったというか、ほしかったお芝居のチケットが手に入ったものですから……」

うれしそうに割烹着《かっぽうぎ》のポケットから出したのは、大掛かりな舞台装置と大物俳優をそろえたことで話題になっている舞台のチケットだった。今朝のテレビでも取り上げているのを見た。

脩一はまったく興味がなかったので聞き流していたが。

「ずっと観《み》たいと思っていたんですけど、なかなか取れなくて、諦《あきら》めていたんです。そうしたら、急用で今夜の上演を観られなくなったっていう人から、稲垣さんがもらってきてくれたんですよ」

「稲垣さんが？」

そのとき、作業着のポケットの中で、携帯電話が軽快な響きの電子音を発した。メールを受信した合図だ。送信はおそらく稲垣にちがいない。

夜這《よば》いの決行は今夜。携帯を開いてみれば、そういった趣旨《しゅし》のメールが届いていることだろう。

芳江は通いなので、いまから早退して、芝居を観たあとはそのまま自宅に帰るという。

「旦那様には許可を得ましたので、私はこれで帰らせていただきます」

「楽しんできてください」

脩一はにっこり笑って手を振ると、芳江は満面に笑みをうかべた。

一人になってから携帯を取り出して見る。思ったとおり、稲垣からだった。

「よーし、今夜だな」

相手が誰であれ、ひさしぶりのセックスに、若い体は興奮しはじめていた。


脩一はいつものように午後五時で作業を切り上げたが、そのまま帰らずに車庫に停めた軽トラの中で時間をつぶした。

日が暮れたころになってから家の中に入ってみると、石神《いしがみ》はひとりで夕食をとっている最中だった。

「ど、ど、どうして……」

脩一の登場に箸《はし》を落とすほど驚いている。ついでに箸に摘《つま》まれていた煮豆《にまめ》も転がった。

「今日はなんだか疲れちゃって、車の中でちょっとだけと思って昼寝したらこんな時間になっちゃったんです」

「それは、お疲れ様……」

ずれた返答をし、石神は困惑《こんわく》も露《あらわ》に視線を泳がせている。

「芳江さんは観劇でしたね。ひとりで食事をするのは寂《さび》しくないですか？」

美味《おい》しそうだな~とわざとらしく皿を覗《のぞ》き込《こ》めば、石神は慌てて席を立つ。

「あの、じゃあ、君も食べていけばいい。こんなにたくさん、私一人では食べきれないし」

食器棚からご飯茶碗《はんぢゃわん》を取り出そうとする石神の手を止めた。手首を握《にぎ》り、きゅっと力をこめる。

「ご馳走《ちそう》になってもいいんですか」

「い、いいに、決まっている」

しっかり摑《つか》まれている手首に、石神の目は釘付けだ。じわじわと顔が赤くなった。これだけ意識されていれば夜這いのしがいがあるというものだ。

脩一はさりげなく手を離し、茶碗を取った。ご飯をよそってご相伴《しょうばん》にあずかる。

芳江のつくるものは相変わらず美味しかった。

「俺が片付けておきます。石神さんは風呂に入ったらどうですか」

「……そうするよ」

石神はまだほんのり赤い顔を俯《うつむ》きかげんでダイニングを出て行く。だが一歩出たところで足を止め、振り返った。

「あの、君も風呂に入っていったらどうかな。うちの風呂は広くて気持ちいいぞ」

「えっ、いいんですか？」

意外な誘いだった。脩一の夜這い計画を察知しているわけではないだろうが、好都合だ。

「じゃあ、石神さんのあとでお借りします」

にっこり微笑《ほほえ》めば、石神はまた頬《ほお》を赤くして、そそくさと廊下を歩いていった。


石神は風呂のあと、二階の部屋にこもったのだろうか、家の中はしんと静まりかえっている。

脩一は風呂場に向かった。いままでに一度も借りたことはないが、洗面所を使わせてもらったことがあるので、場所は知っている。

「うぉ、すげぇ」

広い脱衣場に驚く。木の棚に籠が置いてある光景は、まるで旅館だ。

風呂場にはもっと驚いた。洗い場はごく普通のタイル張りだが、石造りの浴槽《よくそう》なんて一般家庭ではめったにお目にかかれない。しかも大人が四人ほど一度に入れるくらい大きかった。

最新式ではないけれど、手入れが行き届いた温かみのある風呂だ。長年仕《つか》えている芳江が、愛情を持って毎日丁寧《ていねい》に掃除をしているのだろう。

ゆっくりと湯船に浸《つ》かって昼間の労働の汗と疲れを取る。窓は大きく取られていて、あまり曇《くも》っていない。特殊な窓ガラスが使われているのだろうか。

景観も考えられているらしく、窓のすぐ外は中庭で青々とした竹が茂《しげ》っていた。

そのはるか上空に月が見えている。満月に近い、丸い月。月齢がいくつなんて知らないが、青白い光はきれいだった。

さすが資産家の家はちがうなと感心する。石神の元彼がおこぼれにあずかろうとしてしまうのも仕方がないかと思わせる豪華さだ。

シャワーの下に置いてあったボディソープとシャンプーを借りて、全身を洗った。

風呂を出て脱衣場に戻り、さて、なにを着ればいいかと考える。着替えまでは用意していなかった。

棚の隅《すみ》に浴衣《ゆかた》が何枚か畳《たた》まれて積まれているのを見つけた。どうやら石神のものらしい。洗い替えだろう。一枚借りた。

丈《たけ》が短いが、この格好で外に出るわけではない。これで充分だ。

「よし、行くぞ」

車から持ってきていたジェルとゴムを袂《たもと》に仕込んで二階に向かう。

夜這いするにはまだ早い時間だが、相手が寝ていては起こすのが面倒だ。人の好みはさまざまだが、脩一は熟睡《じゅくすい》している男にいたずらしても楽しくない方だった。

石神の寝室は書斎にしている部屋の奥だと聞いている。襖《ふすま》をごんごんとノックしてみた。

「こんばんはー、石神さん、脩一です」

ガタン、と中で音がした。

「ちょっと話があるんですけど、入ってもいいですか？」

バタバタと物音が聞こえてきたが、石神の返事はない。居留守をつかうつもりか？　中にいるとわかっているのに、それは無駄だ。

「石神さん？　もしもーし、石神さーん」

応答はナシ。襖に鍵はかかっていないだろうから、これはもう強引に入ってしまったほうが早そうだ。

「入りますよ、失礼します」

からりと襖を開けると、中は暗くなっていた。照明は一番小さな明かりがひとつだけともっている。和室の中央に、布団《ふとん》が一組敷かれており、こんもりと掛け布団が人型にもりあがっていた。

「石神さん、もう寝ちゃったんですか？」

かたわらに膝《ひざ》をつき、顔を覗き込んでみる。ぎゅっと目を閉じて必死で息を殺しているようだった。

「大切な話があったんですけど……」

言いながら、いい年をしたオッサンが、どうしてこんな子供じみた反応をするのかとおかしくなった。

頭はいいはずなんだから、もっと大人の知恵を使えばいいのに。いやでも、そんなことができるなら、もっと器用に人生を生きていただろう。

「石神さーん」

耳元でわざとらしく呼んでみる。まぶたにぎゅっと力が入った。暗がりでもわかるくらいに、頬が一気に赤くなる。

「友彦《ともひこ》さーん」

名前で呼んでみた。するとさらに耳から首まで真っ赤に染まった。明るければ、紅色《べにいろ》の耳たぶがよく見えたことだろう。

「俺、今晩は夜這いにきたんですけど」

パチッと目が開いた。愕然《がくぜん》とした顔で、石神は脩一を見上げてくる。狸《たぬき》寝入りしていたことはすっかり忘れたらしい。

「起きましたね、おはようございます」

「き、君、夜這い……って……？」

「だから夜這いです」

このいまどき十代でもやらないような新鮮な反応に、脩一は楽しくなってきた。

「ちょっ、待、待って、え？　なにが？」

石神が慌てて布団から起き上がる。浴衣のあわせから鎖骨《さこつ》が見えて、脩一の中にポッと欲望の火がついた。

「夜這いの意味、わかりませんか？」

「わか、わかるけど、なんで？　どうして？　君は、だって、め、恵《めぐむ》の方がいいって……」

言いながら、石神はじわりと悲しそうな目になる。

「最近の石神さんは、ずいぶん落ち込んでいるように見えたので、元気づけようと思いまして」

「ばっ、馬鹿にするなっ」

眉《まゆ》がきりりと吊り上がる。怒った顔の方が、生気《せいき》を失くしたぼんやりとした顔よりもずっといいと思った。

「私は、君から見たら哀《あわ》れな年寄りかもしれないが、そんなふうに慰《なぐさ》めを必要としているわけじゃない。馬鹿にするにもほどがある。とっとと出て行ってくれ」

「なんだ、元気じゃん」

おそらく最初は抵抗されるだろうと思っていたが、もしかしたらそんな元気もないかもしれないと心配していた。杞憂《きゆう》だったようだ。

これだけ言い返せる元気があるなら、そんなに下手《したて》に出なくてもいいだろう。

「よかった。俺に押し倒されてもなすがままだったら、相当だなと思ってた」

「あっ、こらっ、ちょっと待て！」

脩一は石神の上に伸《の》し掛《か》かった。風呂上がりの石鹸《せっけん》の匂《にお》いが、いい感じに鼻腔《びこう》をくすぐる。

「君、君っ、人の話を聞きなさい！」

「ああもう、黙ったほうがよくない？」

「なんだその疑問形は。日本語は正しく使えっ。あっ、だからどこを触《さわ》っているんだ！」

「股間《こかん》」

すこし腰をずらして、浴衣の上から石神の性器をてのひらで包みこんでみた。

ずっしりとした重量を感じ、血が熱くなってくる。いい感じだ。

脩一はもう引けない状態になっていた。伸し掛かられている石神は感触でそれに気づいたらしく、目を丸くする。

「あ………信じ……られな…い」

「なにが？」

「わ、私なんかに、こんな……」

「どうしてあんたに乗っかって勃起《ぼっき》しちゃいけないんだ？　いいだろ、別に」

「ぼっ、勃起って……っ！」

いまどきこんなすれていない反応があるだろうか。石神はあわわわと口をぱくぱくさせてうろたえている。

「君は、年上なんてタイプじゃないんだろう。冗談もたいがいにしなさいっ」

「あのな、冗談で勃《た》つかよ。それに、タイプっつーのは、あくまでも理屈上のことだろ。友彦にその気になって、実際こうして勃ってるわけだから、俺はあんたでもアリだってこと」

「どさくさにまぎれて呼び捨てにするなっ。私は許していない！」

ツッコミどころはそこか。つくづく予想を裏切ってくれる。四十二歳とは思えないかわいらしさだった。

「あんただって硬くなってきたじゃないか」

「あっ、わわっ、揉《も》むなっ」

触ったら次は揉むに決まっている。てのひらの中でどんどんペニスは熱くなっていった。ちゃんと勃起していることに、脩一は安堵《あんど》する。

大きさは標準か。勃起力は四十代の比較対象がないのでわからないが、きちんと使用可能な状態になっていた。

「まだたいしたことはしてないのに、こんなに勃っちゃうんだ。どうして？　俺がこうして上に乗っかってるだけで、いやらしいこと想像した？」

石神はうっと言葉をつまらせて、首までカーッと真っ赤になった。

「こうすると、どうなる？」

硬くなっているモノ同士を、ぐりぐりと擦《こす》りあわせてみた。布越しのじれったい刺激だが、石神はもうイキそうな顔で喘《あえ》いだ。

「あ、あっ、やめ、やめてくれ…っ」

「ホントにやめていい？　気持ちよくない？　俺はかなりいいけど」

「うっ…、く……」

快感に抗《あらが》って必死で踏みとどまろうとしている石神の表情は最高にそそった。

乱れはじめた浴衣の襟元《えりもと》をぐいっと引っ張る。露になった乳首を指先で摘んでみた。

「ああっ」

石神が切ない声を上げる。ぐっと腰に力が入った。思ったとおり日に焼けていない白い胸はきれいだ。腹は出ていなかった。

そそる首筋にじっくりと舌を這わせる。

「あ、あ、あ……」

石神が震える指で脩一の腕のあたりを掴んでくる。浴衣生地をぎゅっと握りしめられたが、そんなものは抵抗とは呼べない。誘っているとしか思えなかった。

首筋から頬にかけてキスをする。ずっと感触を想像していた耳たぶにたどりつく。熱を孕《はら》んだ耳たぶを唇《くちびる》で挟《はさ》んでみた。

思ったとおり、柔らかい。歯で甘噛《あまが》みしてみる。

「あっ…」

ぞくっとくる声が石神から漏《も》れ、脩一は興奮を高めた。耳たぶを味わいながら乳首を指で弄《いじ》る。石神はびくびくと敏感に反応して、脩一を楽しませてくれる。

「あ、あっ、やめ、み、三澤《みさわ》、君っ」

「ムードないなぁ、脩一って呼んでくれ」

苦笑しながら咎《とが》めると、石神は肩で息をしながら潤《うる》んだ目で見つめてきた。

「脩一…？」

「そう、脩一」

「……脩一………私なんか、きっと楽しくないよ……」

「は？」

石神はどこか痛むような表情をした。

「前に、言われたんだ。ま、丸太とやってるみたいで、ぜんぜん面白《おもしろ》くないって」

「そんなわけあるか。あんたのどこが丸太だ。こんなにぴちぴち反応する丸太はないぞ」

「でも………」

石神は両手で顔を覆《おお》ってしまった。

最低男だったと恵が言っていた石神の元彼が、そんなことを言ったのだろうか。

たとえ石神が丸太でもマグロでも、脩一は稲垣に頼まれたとおり、一夜の夢を与えるべく技《ぎ》巧《こう》をこらして抱くつもりだ。

いまのところぜんぜん丸太ではないが。

「友彦、昔のことなんて忘れろ。いまは俺が抱いてるんだ。ほら、俺を見ろ」

両手の隙間《すきま》から、石神はおずおずと脩一を見上げてきた。

「あんたがもし丸太だったら、俺はこんなに熱くなっていない。さっきよりデカくなってるの、わかるか？」

石神の下腹部に、いきりたっているモノをぐいぐいと押しつけてみる。石神は目元をぼうっと朱色に染めた。官能的な色だ。

「セックスには相性だってある。そいつとは相性が悪かったんじゃないか？　俺とはどうだろうな。やってみなくちゃわからないが」

顔を覆う手の上に、ちゅっとキスを落としてみる。びっくりした石神は手を外《はず》した。無防備な唇に、キスを仕掛ける。

「んっ……」

石神は従順になった。誘えば舌が絡《から》まってくる。キスをしながら浴衣の帯を解《ほど》いたが、なにも言わなかった。ただ、細い腕が背中に回ってきた。

脩一も浴衣を脱いだが、袂《たもと》に忍ばせてきたジェルとゴムを取り出し、布団の下に素早く隠すことは忘れない。

浴衣を完全にはだけさせ、トランクスの中に手を滑らせた。勃ち上がって先端からすでにつゆをこぼしているものは、脩一の手に大きすぎず小さすぎず、ちょうどいいサイズだなと感想を抱きながら握りこむ。

「あっ……」

石神がまた色っぽい声を上げた。この声はなかなかいい。もっと声を出させようと、脩一は手の中のものをゆっくりと扱きはじめた。

「あ、んっ、んっ」

腰が卑猥に揺れている。本人は無意識にやっているのだろうが、かなり官能的なダンスだ。さっき乳首で感じていたことを思い出し、脩一は赤く色づいている胸の突起に吸いついた。

「んっ、く……っ」

ぐんと背中をのけ反らせ、石神は快感を訴えている。目尻には涙がにじんでいた。自分であまり弄っていないのだろうか。溜まっているようで、このままではすぐに達してしまいそうだ。それではもったいない。

脩一は前から手を離した。できれば体を繋げたい。すべてのゲイがアナルセックスを好むわけではないが、脩一は好きだった。

「後ろ、入れてもいいか？」

「いいが…。ちゃんと、入るかどうか……自信がない……」

「大丈夫、俺がきちんと解《ほぐ》してやるから」

ジェルを使って、指一本からはじめる。

「んっ……」

指一本はすんなりと挿入できた。焦《あせ》らず、ゆっくりと指を増やしていった。強姦《ごうかん》したいわけじゃない。この夜這いはあくまでもスランプ脱出のきっかけ作りなのだ。

勃起状態のままずっとおあずけで、脩一は貧血で頭がくらくらしそうになったが、なんとか指三本になるまで我慢できた。

「もう、いいから来てくれ……」

石神からお許しが出て、脩一は指を抜き、そこに先端《せんたん》をあてがった。そっと挿入《そうにゅう》する。

石神は自信がないと言ったが、そんなことはない。すぐにしっとりと熱い粘膜《ねんまく》に包まれて、気を抜くとあっというまに射精してしまいそうになった。

「すげぇ、いい……。あんた、ちゃんとできてるじゃないか」

「そう？　でき、てる？　あっ、あっ」

のけぞる石神の喉《のど》が扇情的《せんじょうてき》で、脩一はつい夢中になって腰を使ってしまった。

擦りたてると激しく反応する場所に、しつこく先端を打ちつける。白い肌《はだ》がなまめかしく桜色に変化するのを、陶然《とうぜん》と見つめた。

「ヤバ……っ」

もうもたない、イキそうだと唇を噛みしめる。そのときになってやっと、脩一は用意してあったゴムを装着し忘れていたことに思い至った。

精一杯の自制心でもって動きを止める。

声もなく悶《もだ》えていた石神が、薄い胸を喘がせながら不審げに下から見つめてきた。

「……どう……？」

「悪い、ゴムつけるの忘れた。あやうく中出しするところだった……」

「中出し……？」

「外に出すから。あんたはそのまま感じてくれればいい」

いったん落ち着いて、脩一は石神を気持ちよくイかせるべく、ゆっくりと腰をうごめかす。すぐにねっとりと粘膜が絡みついてきて、脩一は呻《うめ》かされた。

いったいコレのどこが丸太だというのだろう。とんでもない名器だと思うのだが、石神の元彼はまともなセックスをしていなかったのだろうか。

「脩、脩一……」

石神が熱に浮かされた目でしがみついてきた。キスをねだっているとわかり、脩一は甘い吐息をこぼしている唇に噛みつくようなキスをした。

情熱的に舌を絡めあいながら腰を使う。

「ん、ん、んっ、んんーっ！」

口腔《こうこう》に呻き声が広がる。びくんびくんと痙攣《けいれん》を走らせて、石神は射精した。同時に絶妙な締め付けにあい、脩一もイッてしまいそうになる。慌てて引き抜こうとしたが、石神の腕が腰を押さえつけていて離れることができない。

「ちょっ、友彦、離せっ」

「いいから…」

「もうイきそうなんだってっ」

「中に出していいからっ」

「えっ?」

「全部注《そそ》いでくれていいから……っ」

誘惑に負けて、脩一は石神の体の奥にすべてを放ってしまった。耐えた時間が長かったからか、とてつもない快感に頭が真っ白になる。

最後の一滴まで出し切り、脩一はため息とともに石神の上にどさりと落ちた。

引き締まった脩一の背中を、石神がそっと抱きしめてくる。愛《いと》しいもののように、汗ばんだ肌を何度も撫《な》でられた。

「……悪い、出しちまった……」

「うん、いいんだ」

ゆっくりと引き抜きながら、脩一は正直に謝ったが、石神はどこか晴れ晴れとした笑顔だった。

目尻の皺《しわ》に涙が溜《た》まっている。脩一はそこにくちづけて、涙を吸い取った。

「すげぇ、よかったよ。どこが丸太なんだ。むしろ名器だと思う」

「……お世辞《せじ》でもうれしいよ……」

はかない苦笑を向けられて、脩一はムッとする。

「世辞なんかじゃないって。ゴムつけるの忘れたくらいそそられたし、勢いのまま中出しするくらいよかったんだぜ。俺の言葉を信用しろよ」

「……本当に？」

まだ信じられないようだが、脩一がゴムをつけずに中出ししたのは事実だ。

「なあ、もう一回やってもいい？」

「えっ」

ひさしぶりのセックスだったうえに、石神の体が思ったより良くて、一回くらいでは体の熱が治まらない。

期待に満ちて萎《な》えていないそこを、石神の腰に押しつけた。

「ほら、あんたの中に入りたくて、こんなに硬くなってんだぜ」

「し、脩一君……」

「腰が立たなくなったら、俺が世話してやるから。な」

石神の体を横向きにした。片足を持ち上げて挿入する。石神は抵抗しなかった。

「すげ、やっぱいいよ…」

いい具合に解れていて、絶妙な締め付けが気持ちいい。

脩一はさまざまな体位で、それから二回もやってしまった。

案の定、石神は立てなくなった。

「さて、風呂場へ行こうか。運んでやるよ」

「えっ……」

「洗ったほうがいいだろ。何回も中出ししちゃったからさ」

これ以上ないというほどに赤くなり、石神は涙目になっている。いい年をした男のこんな表情、見たことがない。ぜひいじくり回したいという気持ちにさせてくれる。

「俺が丁寧《ていねい》に洗ってやるよ」

よいしょ、と姫抱きにして石神を持ち上げた。

「うわぁ！」

悲鳴を上げながらも落とされては大変と思ったのか、石神は焦った様子で脩一にしがみついてくる。

「あんた、マジで軽いな。楽勝だよ」

「こ、こここ怖いっ、下ろしてくれ」

「軽いから大丈夫だよ。それより暴れるな。うっかり落としたらケガするだろ」

渋々と石神はおとなしくなった。

脩一はそのまま階段を下りて風呂場へと運んでいく。

二人とも全裸だったので脱衣所を素通りして風呂場に入った。抱いたまま湯の中に浸かってしまう。

窓から見えていた月はすでに動いて、湯船に浸かりながら眺《なが》めることはできなくなっていた。

「ほら、足を開いて、こっち向け」

「ど、どうして、君が命令するんだ…」

「ぐだぐだ言わない。はやく出さないと腹痛で苦しむことになるぞ」

そんな経験があるのかないのか知らないが、石神はものすごく嫌そうなしかめっ面《つら》で足を開き、脩一の膝をまたがるような体勢になった。

このうえなく卑猥《ひわい》な体勢に、石神は恥ずかしそうに目元を染めて唇を噛む。男心をそそる、いい表情だった。演技などではないだろう。そんな器用な男ではない。賞賛したいくらいだが、脩一は黙っていた。指摘して表情を消されたら面白くない。

「力抜けよ」

ついさっきまで己《おのれ》のイチモツを食いしめていた場所に指を含ませ、中の体液をかきだす。

「………んっ、く………」

羞恥《しゅうち》と異物感に耐えている声が、ダイレクトに腰にくる。しかも目の前には熟《う》れた色をした耳たぶ。つい銜《くわ》えてしまった。甘く歯を立てたり、舐《な》めしゃぶると、石神が激しく喘ぐ。表情といい声といい、脩一の好みそのものだ。つい指使いが執拗《しつよう》になってしまう。もう一度そこに性器を突き立てたい欲望を、脩一は苦労して押し殺さなければならなかった。

ふと目が覚めて、脩一《しゅういち》は自分がいまどこにいるのか一瞬わからなかった。見知らぬ天井《てんじょう》と和風の照明器具、塗りの壁、和室の中でそれだけが異彩を放っている最新型の薄型テレビ。ぐるりと視線を回して、真横に見つけた寝顔に「ああ、そうか」と脩一は思い出した。石神《いしがみ》がすやすやと眠っている。カーテンの隙間《すきま》から朝日がこぼれていて、部屋の中は明るい。

「朝か…」

夜が明ける前に出て行って、叔父《おじ》の家に帰ろうと思っていたのに。

思いがけず石神の抱き心地がよくて、風呂から上がったあと、浴衣《ゆかた》を着ることを許さず、肌《はだ》を触《ふ》れ合《あ》わせたまま布団《ふとん》の中でごろごろしていたのだ。そのままうっかり寝入ってしまったようだ。

一階からちいさな物音が聞こえてきている。芳江《よしえ》はもう来ていて、朝食の用意をはじめているらしい。

軽トラと脩一の靴《くつ》があることに気づかないわけがないから、きっと二階でこういう状況になっていることは知られているだろう。

仕方がない。脩一はべつに知られてもいいが、石神はどうだろう？

横を見てみると、石神の寝顔に昨日までの鬱々《うつうつ》とした影はなく、やつれてはいるが顔色はすっきりとして見えた。やはりセックスで発散したのがよかったのだろうか。

アップに耐えうる顔だなと、脩一はしみじみと感心した。若かったころはさぞかしモテただろう。本人が自覚していたかどうかはあやしいが。

じーっと飽《あ》きることなく見つめていたら、石神が「ううん…」と唸《うな》って目を開けた。しばらくぼうっと天井を眺《なが》めていたが、いきなりハッと脩一を振り返った。

「み、三澤《みさわ》、君っ」

「脩一って呼んでくれないのか？」

慌てる石神が面白《おもしろ》くてイジワルを言ってみたら、よりいっそうおろおろした。

そして二人ともが一糸《いっし》まとわぬ全裸だと気づき、石神は半泣きになる。

「う…、裸だぁ…」

掛け布団で前を隠しながら脱ぎ散らかしたままの浴衣を引き寄せようとした。

「こらこら、まだ服着ていいなんて言ってねぇよ」

「ど、どどどうして君の許可が必要なんだっ」

きーっとわめきながら耳まで赤くなっている。面白い。

「ああっ、もうこんな時間じゃないか」

石神が枕元の目覚まし時計を見てびっくりしている。

「早く起きないと、芳江さんが呼びに来てしまう」

こんな場面を目撃されてはいけないという意味だろう。石神はあわてて立ち上がろうとしたが、膝《ひざ》がかくんと折れてしまった。ひさしぶりの挿入《そうにゅう》をともなうセックスで、下半身ががたがたになっているようだ。

その様子が愛らしいものだから、脩一はあえて手を出さずに眺めるだけにした。

石神は脩一に剝《む》き出《だ》しの尻を向けたまま這《は》って布団から出ると、手繰《たぐ》り寄《よ》せた浴衣を拾って身にまとった。柱に摑《つか》まって、よろよろと立ち上がる。だがすぐに足が萎《な》えて畳《たたみ》に座りこんだ。

「無理するなよ。俺が芳江さんに頼んで朝食をここに運んでもらうから」

「でも……」

「具合が悪いとでも言っておけばいいだろ。ほら、あんたは寝ていろ」

脩一はさっと浴衣をまとい、へたりこんでいる石神を抱きかかえて布団に戻した。

石神を置いて脩一は一階に降りた。

ダイニングにはすでに朝食の用意が整《ととの》い、芳江が鼻歌まじりで鍋《なべ》を洗っていた。

「おはようございます」

「あら、おはようございます」

脩一をふり返り、芳江は満面の笑みで朝の挨拶《あいさつ》をしてきた。乱れた浴衣姿の脩一に、なんと芳江は両手を合わせて拝《おが》んでくる。

「ありがとうございます。旦那《だんな》様を好きになってくれたんですね」

「……う…まぁ…」

脩一は芳江から視線をずらしぎみにして作り笑いを浮かべた。

当然、芳江は脩一が石神に好意を抱いてこういうことになったと思っている。まさか稲垣《いながき》に頼まれて一夜限りの慰《なぐさ》めをしたなんて、想像もしていないにちがいない。

黙っていればわからない――稲垣はそう言った。芳江の喜びようを目の当《ま》たり《あ》にして、これは口が裂けても言えないなと、脩一は苦笑いした。

幸いなことに石神との相性はよかった。

このままつきあっているような感じで何度か寝てもいい。そのうち稲垣に若い子を紹介してもらったら、石神本人だけでなく芳江にも自然に別れが訪れたように見せかけよう。時間がかかったら二股《ふたまた》をかけることになるが、それはしかたがないだろう。

「芳江さん、それで石神さんのぶんの朝食を部屋に運びたいんですけど、いいですか」

「あら…先生に乱暴なことをしたんじゃないでしょうね」

「してませんよ。ちょっと疲れただけです。それと、恥ずかしいみたいです」

「そうですか」

芳江はころころと声をたてて笑った。

「あ、ついでに俺の分もお願いします。石神さんといっしょに食べたいんで」

「いいですよ」

芳江は機嫌よく頷《うなず》いて、二人分の皿をお盆《ぼん》に移した。

それを受け取って階段を上がりながら、腰が立たない石神をどうからかおうかと考える。すぐに赤くなる石神の反応が面白くてしかたがない。

次はいつ抱こうか。どんな体位がいいだろう。石神がものすごく恥ずかしがることをしたい。妄想で遊ぶだけでも、当分楽しめそうだと思った。


驚いたことに、稲垣《いながき》の思惑通《おもわくどお》り、石神《いしがみ》はスランプを脱出した。翌日から書きはじめると、それまでの懊悩《おうのう》はいったいなんだったんだと疑いたくなるようなスピードで原稿を進めたのだ。

「信じられません。ありがとうございます」

電話で経過を聞くだけでは心配だったらしい稲垣が石神家を訪問したのは五日後だった。実際に石神の部屋で進み具合を確認してきたあと、庭で草取りをしていた脩一《しゅういち》をつかまえて拝《おが》んできた。

「あなたのおかげです。ありがとうございます」

「いや、俺はべつに…たいしたことは…」

下半身の働きを褒《ほ》められても素直に喜べないものだ。口の中でもごもごと言葉を濁《にご》していると、稲垣はそれを許さずにたたみかけてくる。

「いやいや、あなたのおかげです。先生があんなにヤル気になったのは悩みが取《と》り除《のぞ》かれたからです。あなたが取り除いてくれたんですから、本当に本当に感謝しています。ありがとうございます」

「あーそう。良かったじゃない……」

「こんなに効果てきめんだとは思いませんでした。こんなことならもっと早くあなたに頼めばよかったですね！」

「………」

虫の居所が悪いので、できれば暑苦しい御礼は勘弁してもらいたい。

ここのところ、春とは思えないほどの陽気の日が続き、脩一は汗だくで不快だった。それに加えて、いま不満がじわじわと積もりつつある。

原稿を書きはじめた石神が脩一を相手にしてくれないからだった。

それまで頭の中で滞《とどこお》っていた分の想像世界がパンクしそうになっているのか、とにかく書き続けていないと死んでしまう、といった勢いで机に向かっているのだ。

脩一が部屋に行って話しかけても、ちょっと誘いをかけてみても、無反応。誘われたら適度に応じようと枕ホストのように心の準備をしていた脩一にとって、はなはだ不本意な状況なのだった。

「そうだ、あんたならわかるかな」

「なんでしょう?」

「あのひとの仕事、いつ終わりそう?」

「数日中には初稿が上がりそうですね。うれしいです」

稲垣の感想を聞いているわけではない。

「そうか、数日中か……」

数日待てば終わりそうだと知り、脩一の気分はすこし浮上した。

誘われれば——なんて上から目線なことを思いつつも、じつは脩一の方がもう一度、石神を抱きたいのだ。

あそこまで体の相性が合う相手はなかなかいない。朝まで一緒に過ごしても、すこしも鬱陶《うっとう》しいと思わなかったのも、脩一にしたら珍しい。

あれだけたっぷりセックスしたら四十過ぎの石神はとうぶんしなくてもいいだろうが、修一はまだ二十代の若者だ。目の前においしそうなカラダがあるのに手が出せないのは辛《つら》い。

意識していなかったころはなんとも思わなかったが、一度抱いて味を知ってしまったせいか、我慢するのが大変だった。

体格と力なら脩一が勝っている。無理やり押し倒してもセックスはできるだろうが、石神がまたスランプになっても困る。

「原稿が終わったら俺にも知らせてくれ」

「いいですよ。お安い御用です」

協力したからには気になりますよね、と稲垣は勝手に解釈してくれた。


石神《いしがみ》の仕事が終わったと知ったのは、五日後のことだった。

草取りをはじめてからは三週間以上がたち、千坪《せんつぼ》の広大な敷地にたった一人で立ち向かうことに無力感を抱きつつも脩一《しゅういち》は黙々と作業を続けていた。

地道な努力が実り、南側の庭と玄関前はほぼきれいになった。意匠《いしょう》をこらした庭園のため草刈り機が使えずに時間がかかったが、手付かずの北側と西側はそこまで繊細な造りにはなっていない。草刈り機が使えそうだった。

自分に与えられた仕事のめどが立ってくると、やはり石神のことが気になってしかたがない。原稿はどうなっているのだろうと思っていたところに、玄関からこそこそと出てくる稲垣《いながき》を見かけたのだ。

「あんた、来てたのか？」

脩一が声をかけると、稲垣の丸い背中がビクッと反応した。のろのろと振り返った稲垣は、やけに顔色が悪い。

「まさか、また石神さんのスランプが再発したのか？」

「い、いえ……原稿は終わりました」

「なんだそうか、良かったな」

待ちに待った仕事終了の報告だった。

聞くと今時の原稿はパソコンで書かれているため、すでにデータはメールに添付して編集部に送られているらしい。稲垣は石神を労《ねぎら》うために来たという。

「終わったなら早く知らせてくれよ。言っておいただろう」

「はい、そうでしたね……」

稲垣は視線を泳がせて落ち着きがない。

「石神さんは、書斎にいる？」

「あ、はぁ……います」

稲垣が微妙に表情を強張《こわば》らせたように見えた。

「あの、三澤《みさわ》さん、いま先生はお疲れのようなので、会いに行くのはちょっとマズイかもしれません。時間をおいたほうが…いいかも」

「そうか?」

担当がそう言うならそうなのかもしれないが、せっかく石神の仕事が終わったのだから声くらいかけてもいいだろう。

「三澤さん、あの約束ですけど。かわいい子を紹介するっていう」

石神を気にして視線をつい二階へと上げた脩一に、稲垣が小声でぼそっと言った。

「あの、近いうちに連絡しますから、待っていてください。数日中には必ず」

「ああ、待ってる」

「だから、おとなしくしていてください」

「?」

なんのこっちゃ、と思いながら、何度も頭を下げながら帰っていく稲垣を見送った。

脩一はすこし早いが作業を終えて片付けることにした。石神に声をかけて様子を見たい。稲垣はああ言ったが、脩一としては、できれば今夜いい雰囲気にもって行きたかった。

あの夜から十日もたっているのに、二度目がまだない。タイプじゃない年上男を相手にがっつくつもりはないが、はっきりいって溜《た》まっていた。脩一にしてはいい子でおとなしく待っていたほうなのだ。だれかに褒《ほ》めてほしいくらいだった。

道具を片付け、外の水道で手を念入りに洗う。軍手をはめていても草の青臭《あおくさ》い匂《にお》いは染《し》みこんでいてなかなか取れない。

「こんなもんでいいか」

相手は潔癖症《けっぺきしょう》の美少年ではない。そんなに身だしなみに気をつけなくてもいいかと、適当に手洗いを切り上げてタオルで拭《ぬぐ》った。

座敷の縁側からそっと中に入る。台所の様子を覗《のぞ》くと、芳江《よしえ》が夕食の下ごしらえをしていた。背後の脩一にはまったく気づいていない。

足音を殺して、脩一は二階に上がった。

十日前に忍んで行ったのは寝室にしている和室だ。その隣が書斎だと聞いている。和室だったのをリフォームしてフローリングにし、デスクや書棚を置いているらしい。ドアも換えたのか、襖《ふすま》ではなく木製のドアだ。軽くノックしてみた。

「はい」

石神の声だ。昼食のときに顔を合わせていても、二人きりになるのはあの夜以来。脩一は緊張しながら声を発した。

「あの、俺だけど、入ってもいいか？」

てっきりすぐに「どうぞ」と言ってもらえるかと思っていたのに、石神はなかなか返事をしない。

聞こえなかったのかなと、脩一はもう一度「俺、脩一だよ」とわずかにボリュームを上げて言った。

「仕事、終わったんだろ。話がしたいんだ。入っていいよな」

帰ってくるのは沈黙のみ。

どうした？　もしかして照れているのか、それとも夜じゃないとだめなのか？

「友彦《ともひこ》、中にいるんだろ」

名前を呼んだとたんに、ドアの向こうでガタンと音がした。

「いるじゃないか。入るぞ」

ドアノブを回してみたら鍵はかかっていなかった。

「ま、待って、くれっ」

「どうして」

小汚い格好でもしてためらっているのかと思ったら、石神はいつものなりで椅子に座っていた。特に変わったところはない。ただ目が潤《うる》んでいた。

くそ、誘っていやがる……と脩一は石神の目から視線をそらす。十日ぶりに熱い夜が過ごせる予感で、若い体はいますぐにでも臨戦態勢に入れそうなくらいなのだ。あまり色っぽい目を向けないでほしい。

脩一は逸《はや》る心を落ち着かせるために、書斎をぐるりと見渡した。

「へぇ、ここはこうなってるんだ。いかにも作家の部屋っていう感じだな」

重厚なつくりのデスクにはパソコンがあり、書棚には資料なのかさまざまな本や写真集などが詰まっている。

「その、話っていうのはさ……」

「あの夜のことは、もう忘れたから」

空耳かと思った。そのくらい信じられない言葉だった。

「君ももう忘れてくれ」

石神はちっとも忘れていない顔をしていた。涙目で唇《くちびる》を震わせている。あの夜のことが忘れられないからこそ、こんな表情をしているとしか思えなかった。

「あんた、なに言ってんだよ」

「あれがただの同情だったと私はわかっている。哀れな中年男を慰《なぐさ》めてくれたんだろう。め、名器だとか、過剰《かじょう》なリップサービスまでしてくれて……」

目に溜まった涙は、いまにも零れ落ちそうなほどになっている。そんな顔で強がりを言われても、呆《あき》れるばかりだ。

「俺は過剰なリップサービスなんてしてねぇよ。名器だと思ったからそう言ったまでだ。マジで良かったぜ」

石神はぐっと唇を噛《か》みしめて口をつぐむ。信じていない顔だ。

「俺は嘘を言ってない。信じろよ。自分にもっと自信持てよ」

「持てるわけがない」

「どうして」

石神はキッときつい目で脩一を睨《にら》んできた。迫力はなかったが、胸に迫る眼差《まなざ》しだった。

「君は稲垣君に頼まれて私にあんなことをしたんじゃないのかっ」

叩《たた》きつけられた言葉に、一瞬、頭が真っ白になってしまう。

「私は知っているんだからな。君が、た、頼まれて、私の部屋に忍んできたことくらい…っ。本当は若い子が好きなのに、私のような中年を相手にしたのは、稲垣君に懇願《こんがん》されて、原稿のために、それで、やむなく……っ」

ぼろぼろっと石神の目から涙が落ちた。

「あ、あんなふうに、優しくされて、馬鹿な私はうっかり本気になるところだったよ。滞《とどこお》っていた原稿のために君が一肌《ひとはだ》脱いだなんて……こんな屈辱《くつじょく》、生まれてはじめてだっ！」

石神はデスクに突《つ》っ伏《ぷ》して腕で顔を隠した。和服に包まれた細い肩が震えている。すすり泣きが漏《も》れた。

頼まれて夜這《よば》いしたのは本当だ。だから脩一はとっさになにも言えなくて立ち尽くす。

「出て行ってくれ！　もう原稿はできたんだ、君は私なんかよりもっとずっと若くてかわいい子を紹介してもらうんだろう。とっとと帰ったらどうだ。君にアフターケアしてもらわなくても、私は一人で大丈夫だから、目の前からいなくなってくれ！」

石神が悲しく叫ぶ。いったいぜんたい、どうしてこんなにあっさりバレているんだ？

あまりの衝撃に声も出ない。

「なぁ、友彦、俺は…」

肩に触《ふ》れたとたん、その手を叩き落とされた。

「私に触《さわ》るな！」

こんな拒絶は生まれてはじめてだった。

脩一は言葉を失って、愕然《がくぜん》とする。

バレなければ大丈夫——稲垣に言われるまでもなく、脩一もそう思っていた。

もし石神に知られても、フォローする責任は稲垣にあるのだから、自分には関係ないと他人事のように考えていた。

まさか石神がこんなに傷つくなんて。

想像していなかった……。

「どうか、なさったんですか？」

いつのまにか芳江が二階に上がってきていたようで、背後から声をかけてきた。泣いている石神の後ろ姿を見て、芳江はびっくりしている。

とにかくいまは退散したほうがいいだろう。脩一はため息をひとつだけついて、芳江とともに書斎を後にした。

ダイニングに暗い沈黙が落ちて、すでに三時間が経過していた。

時刻は午後九時。石神のための夕食は、手をつけられないままに冷め切っていた。

それを眺《なが》めては、恵《めぐむ》と芳江が辛《つら》いため息をつく。二階はしんと静まり返っていた。

あの状況から芳江は事情を察してしまい、すぐに恵に連絡を取った。恵は授業が終わりしだい駆けつけてきた。

「この人でなし！」

かわいらしい童顔を般若《はんにゃ》のように歪《ゆが》ませた恵に、脩一は怒鳴られたのだ。

「父さんのこと好きになってくれたんじゃなかったんだね。スランプから脱出させるためにエッチしたなんて最低！　稲垣さんも最低だ！」

「原稿ができたら、稲垣さんが若い男の子を紹介する約束になっていたんですって？　うちの大切な旦那《だんな》様を馬鹿にするにもほどがあります！」

芳江は涙ぐみながら怒りを露《あらわ》にした。

返す言葉などない。脩一は黙って罵声《ばせい》を浴びた。

どうして石神が夜這いの経緯を知ってしまったのか——簡単にわかった。稲垣だった。

脩一が話していないのだから、稲垣しかいない。編集部で仕事中の稲垣を電話でつかまえ、恵がきつく問いただしたところ認めたという。

今日の稲垣の様子はおかしかった。原稿が出来上がって、よほどうれしくて舞い上がっているせいかもと思ったが、あれは石神に口を滑《すべ》らしてしまったという犯罪者の態度だったのだ。

石神になんと言ったのか聞きたくて脩一が電話を代わった。電話からは稲垣の半泣き声が聞こえてきた。

『す、すみません、すみません、わざとじゃないんです』

「わざとじゃなきゃいいってもんでもないだろ」

呆れた声で脩一が静かな怒りを向けると、稲垣は『ひぃぃぃ〜』と情けない悲鳴を上げた。

『ついうっかり、三澤君がよくしてくれたおかげで原稿が上がってよかったですって言っちゃったんです』

「それだけじゃねぇだろ、言ったのは」

『……あの……これからは原稿が滞るたびに三澤君にお願いしようかなって……。それで、先生が三澤君にはいったいどんなメリットがあるんだって言うから、とびきりの美少年を紹介することになってますから大丈夫ですって……』

「どうしてそこまで喋《しゃべ》ったんだよっ！」

『だって、先生ったら三澤君に報酬《ほうしゅう》として何百万か渡してもいいなんて、冗談なのか本気なのかよくわからないことを言うから…っ』

「あんたの口は空気より軽いんじゃないのか」

『ごめんなさい、ごめんなさい』

稲垣は百回くらいごめんなさいを繰《く》り返《かえ》した。

『あの、でも、先生はそうだったんだーっていう感じで、そのときは苦笑いしていただけですけどー』

苦笑いするしかなかっただけだ。信頼していた編集者に裏でそんなことをされて、そうとうなショックを受けたにちがいない。

脩一は電話の子機をへし折りそうなほど激怒したが、壊《こわ》すまえに恵に子機を取り上げられた。恵はそれから延々と三十分ほど稲垣に怒声をぶつけていた。

バラしたのが稲垣だとわかっても、打つ手があるわけではない。石神にどう言い訳しようとも、脩一が若い男の紹介話に惹《ひ》かれ、頼まれて夜這いしたのは事実だった。

石神は心を閉ざし、すべての会話を拒否している。だれの話も受け付けない。頑《かたく》なに閉じこもっているのだ。

「ご飯も食べないなんて……」

「一食くらいなら大丈夫でしょうけど、これが続くようなら心配ですね。とりあえず、様子を見るしかないですね…」

芳江がしょんぼりと皿を洗う。三者三様のため息がダイニングに満ちる。

「父さんに賞を取らせたい稲垣さんの気持ちはわかるけど、やり過ぎだよ。オレだって父さんの本は好きさ。たくさんの人に読んでもらいたいと思うよ。でも…こんなことをしたら、次の話が書けなくなっちゃうかもしれないじゃないか」

「……おまえの父親はどんな話を書いているんだ？」

素朴な疑問をぶつけてみたら、逆に意外そうな顔をされてしまった。

「父さんの本、読んだことないの？」

「……ない」

恵はサッと踵《きびす》を返すとダイニングから出て行き、すぐに戻ってきた。手には数冊の本を持っている。

「これ、父さんが書いた本。読んでみて。こういうのは好みがあるから、脩一さんにとってはつまらないかもしれないけど、オレは好きだよ」

本なんて中学時代の読書感想文以来読んでいない。だが手渡された状態でそんなことは言えず、脩一は黙って受け取るしかなかった。

「父さんはいま三社で仕事をしているけど、稲垣さんがいる会社はここ」

一冊の本を恵が指差す。『緑のこえ』とタイトルがあるハードカバーのものだった。草原を思わせるきれいな緑色の装丁《そうてい》。手触りは和紙に近い。

「ここは父さんを作家として最初に拾ってくれたところなんだって。だから父さんはずっと大切に付き合ってきたし、稲垣さんともいい関係を築き上げてきた。でも、こんなことをしでかして、今後はどうなるかわからないけどね」

恵は露悪的に言い切る。

「それ貸してあげるから、読んでみてよ」

「……そうだな」

「もし父さんの本が気に入ったら、今回のこと、心から謝ってあげて。ひどいことをしたって、父さんに詫《わ》びてよ」

「恵……」

大きな目を涙で潤ませ、恵はじっと床を睨みつける。

「脩一さんが父さんの本を読んだことないなんて知らなかった。もっと早く読んでもらっていたら、こんなことにはならなかったかもしれないのに……」

恵が洟《はな》をすする。脩一はなにも言えず、手の中の数冊の本を見下ろしていた。


朝日が目に染《し》みる。こんなこと、夜遊びしまくった学生のころ以来だった。

脩一《しゅういち》は明るい光が透けてみえる薄いカーテンを開ける気になれず、ふぁ…とひとつおおきなあくびをした。

台所の方から物音が聞こえてくる。叔父《おじ》が起きて朝食の用意をしているようだ。

叔父の腰はずいぶんよくなって、軽い家事ならできるまで回復した。だがまだ無理は禁物と医者に言われている。

手伝いに行かなくてはと立ち上がろうとしたら、膝《ひざ》に乗せたままだった緑色の装丁《そうてい》の本が落ちた。

『緑のこえ』という石神《いしがみ》の本だ。

これを徹夜で読んでしまった。ついうっかり、というか、どこで止めて眠ればいいのかわからなかったのだ。

児童文学なんて子供が読むものだと思っていたが、そうではない。大人も子供も、みんなが読んで感銘《かんめい》を受けることができる本なのだと知った。

『もっと早く読んでもらっていたら、こんなことにはならなかったかもしれないのに……』

昨日、恵《めぐむ》が涙ぐみながら口にした言葉が、いまならわかる。

石神は、ただの引きこもり気味の中年男などではなかった。正真正銘、才能あふれる作家だった。

恵や芳江《よしえ》、そして編集者が、どうして石神を大切にしているのか、本を読んでよくわかったのだ。

脩一が読んだ『緑のこえ』という小説は、主人公が永遠の命を持つ物《もの》の怪《け》だった。森に住む物の怪は、外見は人間の少年。いつも一人で孤独だ。

ある日、里で一人の少年と出会った。聡明な少年は、物怖《ものお》じせずに物の怪と遊んでくれた。二人は友情を育《はぐく》んだ。

少年は物の怪に永遠の友情を誓う。

「いつか寿命がきて僕が死んでも、僕の子供たちが君の友達になるよ。僕の思いをうけついで」

成長した少年は青年になり、結婚する。そして子供をつくった。子供たちは約束どおり物の怪の友達になった。さらに年月がたち、子供たちは成長し、結婚して子供をつくった。その子供たちもまた、物の怪の友達になった。

連綿と受け継がれていく友情。いつか思いが途切れて、子供たちに受け継がれなくなっても、もう物の怪は悲しむことはないだろう。

少年の思いを忘れない。あれは真実の友情だった――。そんな話だ。

読み終わってみて、脩一の胸には清々《すがすが》しさと熱い感情が不思議に同居している。

物の怪は深い森に住んでいるという設定で、子供たちと楽しそうにピクニックをする場面が印象的だった。ごてごてと飾り立てた言葉は並べられていない。むしろあっさりとしたわかりやすい言葉で書かれていた。

脩一は己《おのれ》の行動を、いまさらながら激しく後悔した。

人見知りで、引きこもりで、脩一を意識しているゲイの中年男。石神をそうとしか認識していなかった脩一にとって、この本から受けた衝撃は大きい。

こんな繊細な話を書く作家に対して、自分はなんてひどいことをしてしまったのだろう――。

恵と芳江が激怒するのは当然だ。

「あ…っ」

ぼんやりしていたら、いつもの時間が近づいていることに気づいた。早くしたくをして石神邸《てい》に向かわないと、九時から作業に入れない。

本を読むまでは、草取りはまだ終わっていないが石神邸にはもう行かないほうがいいのではないかと迷っていた。

昨日、芳江に「もう来なくていい」とは言われなかったが、石神をあれだけ傷つけておいて草取りを続けるなんて、厚顔《こうがん》もいいところだと思ったのだ。

だが――ここで行かなくなったら、人としてますますいけないような気がしてきた。

「よし、行こう」

行って、芳江に詰《なじ》られたら、謝罪しよう。そして、もし石神が会ってくれたら、土下座でもなんでもしてやろう。

覚悟を決めて、脩一は部屋を出た。

稲垣《いながき》に若い子を紹介してもらう約束など、脩一はすっかり忘れ去っていた。

「おはようございます」

いつものように軽トラから降りて挨拶《あいさつ》をした脩一を、芳江は意外そうな目で見てきた。

「脩一さん…おはようございます」

「えーと、色々と申し訳ありませんでした。作業を続けるつもりで来ました。目障《めざわ》りだったら帰ります」

脩一の殊勝な態度に、芳江は複雑そうな表情ながら「目障りなんて…」と否定する。

「あの、それで石神さんは……」

「全然だめ。朝食をドアの外まで運んだけど、手をつけていなくて」

「そうですか……」

自分と稲垣のせいだと思うと、肩にずしんと重いものが伸《の》し掛《か》かってくるような気がする。

「もし石神さんが顔を出したら、俺が謝りたいって言ってると伝えてください」

「……謝るだけ、なの？」

芳江がじっと見上げてくる。言外になにを訴えているかわかるが、いまのところ脩一にはそれ以上のことは言えない。

「……すみません」

「わかりました。じゃあ、草取りをよろしくね」

芳江がため息をつき、玄関から家の中に戻っていく。

とりあえずいままでと同様、出入りを許された。脩一はその点にはほっとして、軽トラから道具を下ろした。


そのまま、石神《いしがみ》のハンストは三日たっても終了しなかった。

ドアに鍵がかかる書斎に引きこもって開けようとしない。廊下から芳江《よしえ》が拝《おが》み倒《たお》して水だけは受け取っているが、固形物はなにも口にしていなかった。トイレは二階にもあり、巧《たく》みに足音を忍ばせて使っているらしい。

このままハンストが続くと命の危険があるのではと、恵《めぐむ》も加わって、みんなで青くなっているところに、稲垣《いながき》がやってきた。

「なにしに来たんだよ」

恵が額《ひたい》に青筋を立てて追い返そうとしたら、稲垣は意外なことを言った。

「先生に呼ばれたんです」

「えっ？」

いつものねずみ色のスーツに汗染《あせじ》みを作りながら、稲垣は額《ひたい》の汗をハンカチで拭《ぬぐ》う。まだ春なのに汗だくだ。冷や汗かもしれない。

「私、当分の間、こちらにお邪魔するつもりはありませんでした。さすがにそれくらいの分別はあります。私の浅知恵のせいで、先生をひどく怒らせてしまって……」

「あれは怒ったんじゃない、傷ついたんだよ」

恵がぴりぴりしながら訂正すると、稲垣は平身低頭で「その通りです」と、さらに汗をかいている。

「いったいいつ謝罪にうかがおうかと思案していたところでした。昨夜、突然、先生から編集部に電話がありまして、大切な話があるから来てほしいと」

「金輪際、稲垣さんとは仕事をしないって言うつもりなんじゃないの」

恵の冗談にならない毒舌に、稲垣はさらにどっと汗をかく。

「いえ、そういう話ではないと、先生ははっきりおっしゃいました。わたしも、もしかしたらそういった話かとびっくりしたので……あの、プライベートなことらしいです……」

ちょっと二階へ行ってきます、と稲垣は階段を上がっていく。

恵と芳江と脩一《しゅういち》は、階段の下でなんとなく待ってしまった。

十分ほどだろうか、青ざめた稲垣がよろよろと階段を下りてきた。

「どうだった？　なんの話だった？」

恵がさっそく捕まえて茫然自失《ぼうぜんじしつ》状態の稲垣を揺《ゆ》さぶる。だがその目は、恵ではなく脩一に向けられた。

「ど、ど、どうしましょう……」

哀《あわ》れな声を上げながら、脩一にしがみついてくる。助けを求めるように縋《すが》りつかれても話をしてくれないと、どうしたらいいかわからない。

「なにを言われたんだ？」

「どうしましょう、先生が、先生が……」

「父さんがどうしたんだよ」

いらいらと恵が稲垣をさらに激しく揺さぶる。稲垣はがくがくと揺れながら、それでも青い顔を脩一に近づけて「どうしよう」を繰《く》り返《かえ》している。

「だからどうしたんだよっ」

「先生が、おかしくなっちゃいました。あなたにするみたいに、自分にも若くていい男を紹介しろって…！」

一瞬、沈黙が落ちた。言葉が耳から脳に伝わって、意味が理解できるまでに、みんながしばらく時間を必要としたからだ。それほどに衝撃的な発言だった。

男を紹介——石神に——稲垣が……。

石神は男を紹介してもらって、特定の恋人をつくるつもりなのか……？　あの石神の体を、ほかのだれかが抱く？

想像できない。いや、脳が想像することを拒否している。

「なんだってーっ？」

最初に悲鳴じみた声で叫んだのは恵だ。

「なに、なに考えて、そんなこと、父さんはっ…！　稲垣さんはそういう人じゃないだろ！なに自分を見失ってんだよ、信じられないーっ！」

キーッと恵が両手で髪をぐしゃぐしゃとかき回した。稲垣はへなへなとその場に腰を落としてしまう。

石神が稲垣にそんなことを言うなんて、きっとありえないことなのだろう。

「ちょっと稲垣さん、絶対に紹介しないで。そんなお願いは聞いちゃだめだ。次回作の原稿をチラつかされても、絶対に絶対に言うことときかないでくれよっ！」

恵は必死で稲垣に言い聞かせている。

だが稲垣は返事をしない。次回作の原稿、と聞いたとたんに目の色が変わったのを、脩一は見逃《みのが》さなかった。

原稿のために稲垣は脩一に夜這《よば》いをさせた。次は男を紹介することくらいしそうだ。

「脩一さん、さっきから黙ってるけど、なにか言うことないのかよ。父さんが変なこと言い出したのは、脩一さんに若い子を紹介する約束になってたって聞いたからに決まってるだろ」

恵がきつい目でギロッと睨《にら》んできた。

「ああ、まぁ……それはそうだろうが…」

ショックのあまり混乱して、脩一は自分がいったいなにに対してこんなにぐるぐる動揺《どうよう》して いるのかわからなくなっていた。

「当てつけに決まってる。こんなの、父さんらしくない。脩一さんがここにいることを知って て、稲垣さんにそんなことを言ったんだ。絶対に父さんの本心じゃない!」

恵は涙ぐみながら脩一に訴えた。

「どうすんだよ、脩一さん!」

どうすればいい? いや、自分はどうしたいんだ? 恵の言うとおり、これが当てつけだと したら、石神は脩一になにを望んでいるのだろう?

何度も一緒に食卓を囲んだ。目が合わないように、いつも視線をそらして俯《うつむ》きぎみだった石 神。夜這いしたときは、意外な色香につい夢中になった。セックスが終わったあとも、なぜか 離れがたくて朝まで抱き寄せて眠ってしまった。そんなこと、過去にもほとんどしたことがな かったのに。石神の体は抱き寄せていても邪魔にならず、かえって落ち着いた。

なぜだ? なぜなんだ?

年上はタイプじゃないんだからと、頭から否定していたせいで、いままで直視してこなかっ た自分の気持ち。

「俺、俺は……」

夜這いが成功して原稿は完成したのに、脩一は稲垣に若い子の紹介を催促《さいそく》していない。それどころか、約束じたい忘れてしまっていた。

もう紹介してもらうつもりはなくなっている。紹介してもらっても、つきあうことなんてできそうにない。

なぜなら——脩一の頭の中は、石神のことでいっぱいだからだ。

そう、いっぱいなのだ。すでに。

最初から、石神に意識されて脩一も意識した。気にしなければいいのに、そらされた目や染まる頬《ほお》が気になった。赤く色づいた耳たぶの感触を確かめたくてたまらなかった。強がりの言葉を吐かれてムカついた。傷つけて泣かれて、ものすごく後悔した。

あれもこれも全部、いま思えば明らかだ。なのに、自覚できずにいた。

いままで年上を好きになったことがなかったからだ。

だが石神がハンストを何日も続け、さらに男を紹介してもらうつもりだと聞かされて、脩一の思いは、はっきりした。

「よし」

決意を固めた脩一の前を、恵がどたどたと足音荒く駆け抜けた。

「恵？」

学ラン姿が一気に階段を上がったと思ったら、激しくドアを叩く音が聞こえた。

「父さん、開けてよ！」

反応がなかったのか、しばらくして恵はしょんぼりと階段を下りてきた。

「どうしよう、芳江さん…」

恵が芳江に泣きつく。芳江は脩一に泣きついてきた。

「どうにかしてください、脩一さん」

自分が動くことで、あの頑固な石神がどうにかなるとは思えないが、どうにかしたいとは思う。

「ドアには鍵がかかっているんだな」

恵に確かめると、頷《うなず》く。

「外から入れないかな」

「外？」

「恵、手伝ってくれ」

脩一は恵を引き連れて玄関を出、軽トラから梯子《はしご》を下ろした。草取りに梯子は必要ないが、剪定用《せんていよう》に積んだままになっていたのだ。

「芳江さん、あとで修理代を請求してください」

「なにをするつもりですか？」

「二階の窓から入ります」

脩一はカーテンが閉まったままの窓をちらりと見上げる。

「窓に鍵がかかっていたらガラスを割ります。衰弱《すいじゃく》しているようなら呼びますから。大丈夫そうなら、とにかく石神さんと膝《ひざ》をつき合わせて真剣に話し合ってみます」

話し合いに応じてくれなくても、とりあえずドアの鍵を外《はず》し、石神を書斎から出すことを目標にする。

「わかりました」

芳江の許可を得て、さて、と梯子をかついで座敷の前にまわる。伸縮するタイプなので伸ばし、二階の窓下まで届くようにした。

「ちゃんと押さえていろよ」

「わかってる」

梯子の下部を押さえるのは恵だ。脩一はするすると梯子を上り、窓にたどり着いた。コンコンとガラスをノックする。

反応なし。もう一度、コンコン。

すると閉められたカーテンがゆらりと動き、隙間《すきま》が開いた。そこから石神の目がひょいと見え、脩一とばっちり視線が合った。

「しゅ、脩一君っ？」

上《うわ》ずった声がガラス越しに聞こえた。

脩一にとって都合のいいことに窓の鍵は外れている。それを思い出したのか石神が慌てて鍵をかけようとしたが、脩一が窓を開くほうが早かった。

「おじゃましますよ」

「うわぁ！」

石神が後ずさる様子を見て、なんだ元気そうじゃないかと安堵《あんど》する。

それもそのはず、ちらりと見たデスクの上には非常用の乾パンの袋やチョコレートの包み紙が散乱していた。むかむかと憤《いきどお》りがこみ上げてくる。

「あんたね、芳江さんや恵がどれだけ心配していたと思ってんだよ。こんなもの隠し持ってたんだな」

「ご、ごめんなさい、ごめんなさい」

怒りも露《あらわ》な脩一の形相《ぎょうそう》に、石神は青くなっている。はっきりと腰が引けていた。

情けなくてみっともない態度ではあったが、衰弱しきって倒れているのではと最悪のパターンを想像していただけに、力がどっと抜けて脩一は膝をついた。

「あー……もう……」

「脩一君…？」

そろりと近くに寄ってきた石神を、がばっと捕獲《ほかく》する。ぎゅうぎゅうと抱きしめると、腕の中で悲鳴が上がった。

「い、痛い、苦しいっ、離せ！」

「うるさい、黙れ。心配かけさせたんだから、このくらい我慢しろ」

「……君も、心配してくれたんですか…」

「あたりまえだろう!」

「あ……そうなんだ………」

ふっと石神が抵抗をやめて身を預けてきた。と思ったら、またすぐにじたばたと暴れはじめる。

「は、離して、だめだ、いけない!」

「なんだよ、いいじゃないかすこしくらい抱かせろ」

「だめだっ、ずっと風呂に入っていないから、臭《くさ》いだろうっ?」

そう言えばそうか。石神が何日も風呂に入っていないことなんて忘れていた。

「離してくれ、風呂に入りたい、もう閉じこもるのはやめにするから!」

焦《あせ》りまくっている石神がもがいているのが面白《おもしろ》くて、脩一は意地悪なことをしてみた。石神の首筋に顔を埋《うず》め、思い切り鼻で吸ったのだ。

「ひぃぃぃぃ〜〜〜〜」

石神は耳から首までを真っ赤に染めて悲鳴を上げた。

「や、やめて、やめてくれーっ」

「特に臭くないぞ。あんたの体臭《たいしゅう》は、俺にとって気になる類《たぐい》の匂《にお》いじゃないな」

「やめ、やめ、やめ………」

しまいには石神が涙ぐんできたので、脩一は許してやることにした。開け放したままの窓に行き、庭を見下ろす。恵が不安げな顔でこちらを見上げていた。

「大丈夫そうだから」

苦笑しながら手を振ってやると、ホッとした笑みを浮かべる。

「じゃあ頼むよ」

「わかった」

窓を閉め、さて、と脩一は振り返った。

石神は背中を丸め、怯《おび》えながらもふくれっ面《つら》をするという器用な態度をとっている。それがかわいく見えてしまうのだから、もう決定的だ。

「石神さん、ちょっと話をしよう」

ラグの上に座り、正面に座ってくれと促《うなが》しても、石神は立ったまま動かない。

脩一はわざとため息をついてみせた。

「そうか…そうだよな、俺と向かい合って話なんてしたくないよな…。じゃあ、もう二度とこの部屋には立ち入らないようにする。あんたのことを真剣に考えようと思っていたけど、やっぱり嫌われているなら望みはないし…」

立ち上がろうとしたら、ハッと石神が顔を上げた。

「ま、待ってくれ……っ」

慌てて正面に座りに来る。

「あの、あの、いまなんて言った？」

「嫌われているなら望みは…」

「その前だ」

「二度とこの部屋には立ち入らない」

「その後だっ」

「……あんたのことを真剣に考えようと思っていたけど」

そこだ、と石神に指をさされた。

「それは、本気…なのか？」

「不本意ながら」

「ふ、ふ、不本意って、なんだ」

くしゃっと石神は顔を歪《ゆが》める。光が差したと喜んだら、奈落に突き落とされたといった感じだろうか。

「俺にとっちゃ青天の霹靂《へきれき》ってやつだから、不本意と言った」

自覚したはいいが、本人を前にして告白するのはそうとうの覚悟が必要だ。憂鬱《ゆううつ》のあまり胃が重くなってくる。自分がこんなにヘタレだとは知らなかった。

「本を読んだよ。『緑のこえ』ってやつ。すごくよかった。あんたがあんな話を書くなんて、正直びっくりした」

「え……そう……?」

「もっと早く読んでいたら、俺はたぶんもっと早くあんたを好きになっていたかもしれない」

好きという言葉に、石神は息を飲む。

脩一は一回だけ深呼吸をし、後戻りできない未知の世界に一歩を踏み出す心境で告白した。

「あんたのこと、どうやら好きになったみたいなんだ」

ここまで真剣な告白は、もしかしたらはじめてかもしれない。だが石神は硬い表情を崩《くず》さなかった。

「この部屋から私を出すために、だれかに頼まれて口からでまかせを言っているんじゃないだろうな」

「恵と芳江さんには、あんたをどうにかしてくれと泣きつかれたが、いまの告白はでまかせじゃない」

疑ってしまう気持ちはわかる。石神の純真な心を傷つけたのは脩一だ。

「好きだと嘘の告白をしてくれなんて、だれが俺に頼むんだ?　頼まれたとしても、俺はそんなこと引き受けない。もう二度と、あんたを傷つけたくないから、本当のことしか言わないと決めた」

「……本当のこと……？」

「そう、本当のことだ。俺はだれからも頼まれていない。あんたを好きになったっていうのは、俺の本心だ。信じてほしい」

まっすぐ石神の目を見つめて訴える。

「で、でも、君は私を騙《だま》した。稲垣に頼まれて、私に夜這いをかけた。さも私に興味があるようなふりをして…。引き換えに若い子を紹介してもらうつもりだったんだろう」

「それは事実だが、紹介なんてされていない。されても困る。いまの俺の頭の中はあんたのことでいっぱいなんだ。俺はあんたがいい」

はっきり脩一が言い切ると、石神はやっと口元を緩《ゆる》めた。

「信じてくれるか？」

「………」

頷きはしなかったが、否定もしない。石神とて信じたい気持ちがあるのだろう。

「俺の気持ちはわかってくれたな。友彦《ともひこ》、じゃあ俺の告白に対して返事はないのか？」

「呼び、呼び捨てに……」

赤くなってうろたえる石神は、和服の襟《えり》が乱れて鎖骨《さこつ》が丸見えになっていることに気づいていないらしい。ひさしぶりに目にする鎖骨から、脩一は視線が外せなくなった。

「俺のことが嫌いなら嫌い、好きなら好き、はっきりしてくれ」

「え、ええっ？」

「あんたとこれから付き合いたいと俺は言ってんだ。あんたを傷つけたことは謝る。悪かった。俺に最初からやり直すチャンスをくれ」

「脩一君……」

石神の目が潤《うる》んだ。

「で、でも、君は若い子がタイプだと…」

「まだ言うか。いままでは食わず嫌いだっただけだ。ほら、返事は？」

石神の様子を見れば明らかだが、脩一はその口からはっきりとした返事を聞きたかった。

逃げ腰になる石神の手を握《にぎ》り、そむけようとする顔を覗《のぞ》き込《こ》む。真っ赤に熟《う》れた耳たぶがかわいらしい。

「俺のことが好きか嫌いか。簡単だ、一言でいい。ほら、言え」

「………こ、こういうことは、無理やり言わせるものじゃないだろう…っ」

「俺は聞きたい。言ってくれ」

命令じゃない。これは懇願《こんがん》だ。

「………私は、最初からずっとおなじ気持ちだ……。は、はじめて会ったときは、理想の男が現れたのかと……思ったくらいで……」

石神がぎゅっと目を閉じる。閉じたまつげの先から、ぽたりと涙が落ちた。

「好きだよ。ずっと」

「友彦…」

「だから、あの夜は…すごくうれしかった……頼まれたからだと知ったとき…」

握りしめた石神の手が震えている。

「友彦、ごめんな。傷つけてごめん。いまは、ちゃんとあんたのことが好きだよ」

「脩一君…っ」

石神の方から抱きついてきた。縋りついてきた細い体を、脩一は力いっぱい抱きしめた。


「あ、ちょっ、待て……」

「いいだろ。もう我慢の限界だ」

「風呂に入っていないのにっ」

「気にしない。むしろ燃える」

「せめて夜に…、あっ、まだ昼…っ」

和服を乱すのは簡単だ。胸をはだけ、おいしそうな乳首に吸いついて、思う存分舐《な》め回《まわ》させてもらう。

「あ、あ、あ、そん…なに、したら…っ」

石神は逃《のが》れようとしてか腰をくねらせる。誘われているとしか思えないような動きに、脩一は腹が立った。

「いい加減にしろよ、友彦っ」

「なに急に怒ってるんだ？」

「うるさい」

邪魔な帯を取っ払って、石神を裸に剝《む》く。股間《こかん》のものは半ば勃《た》ちあがっていた。それが恥ずかしいのか、石神は脩一に背中を向けてうつ伏せになった。

白い臀部《でんぶ》を見せられて冷静でいられるわけがない。これを石神が計算ではなく無意識でやっているとわかるだけになおさらだ。

「あ、あっ、なに……」

「こら、動くな」

脩一は肩を押さえつけて、石神の背中に舌を這わせた。背骨にそってくちづける。キスマークがつくほどに強く吸うと、尻がびくびくと震えた。

「背中、感じるのか？」

「あっ、う……」

ちらりと見える耳とうなじが真っ赤に染まっていた。肌《はだ》がしっとりと汗ばんでくる。この様子だと体の下敷きになっている性器はかわいそうなことになっているだろう。

「膝《ひざ》、立てて」

「えっ……」

「苦しいだろう。ほら、弄《いじ》ってやるから」

「そ、そんな格好は……」

嫌だと首を横に振る。はじめてでもないのにどうしてそこまで恥じらうのか。そこが石神のいいところなのだろうが…。

「ああもう、面倒臭いな」

「そんな言い方しなくてもいいじゃないか…」

石神はすぐに涙ぐむ。

「泣くなっ」

思うとおりにならない苛立《いらだ》ちは、すべて愛《いと》しさに変換されて股間へと凝縮《ぎょうしゅく》していくような気がした。

「膝立てろって」

「やめ、やだって…」

強引に膝を立てさせ、脩一は石神のペニスを摑《つか》んだ。すっかり勃っている。二、三度扱《しご》いただけで石神は腰砕けになってしまった。

「も、もっと、優しくしてくれ…」

「これ以上どう優しくしろってんだ」

脩一にしたら精一杯の自制心を働かせて前戯《ぜんぎ》をほどこしているのだ。本能の赴《おもむ》くままに突っ込んだら石神はケガをしてしまう。

いままでこんなふうに嫌がる相手をなだめすかして抱いたことはなかった。そもそも抱かれることに慣《な》れていない相手というのは経験がなかった。その点、石神は面倒臭い。こんなに面倒な思いをしても抱きたい衝動が萎《な》えないのだから、かなり特別な存在になっているのだろう。

「舐《な》めてやるから、こっちに尻を向けろ」

「舐め、舐め……っ？」

谷間を両手で広げてそこを露にする。

「そんなところは舐めてはいけないっ。風呂に入っていないし、そもそも舐めるところじゃないっ」

あまりにも嫌がるから、舐めてみることにした。前に這っていこうとする尻をがっちり掴み、そこに舌を這わせる。

「やだやだやめろっ」

叫んだが無視。修一はねっとりとした舌遣《したづか》いで執拗《しつよう》に舐め解《ほぐ》した。石神の腰から力が抜けていく。

「あ……あ……んっ……」

切ない喘《あえ》ぎが聞こえはじめると、窄《すぼ》まりがかわいらしく反応してきた。ひくひくと蠢《うごめ》くそこに誘われるようにゆっくりと指を入れ、舐めねぶりながら出し入れする。

「ああっ、んっ、脩っ、脩一く……っ」

「いいか？　いいだろ？」

指二本がすんなり入った。絶妙なしめつけに、ごくりと喉《のど》が鳴る。はやくここに己《おのれ》を埋めたい。何日もたつが、いまだに記憶が鮮明な、極上のあの快感をまた味わいたい。

衝動的に突っ込んでしまいそうな自分を静めるために数式を思い浮かべようとしたが、現役学生のころならいざしらず、社会に出て数年たったいま、うろ覚えではまったく役に立たなかった。

それでも指が三本入るまでは我慢した。

「もう、いいか？　あんたの中に…入りたい」

石神が喘ぎながら頷くやいなや、脩一は後ろから挿入《そうにゅう》した。ぬめる粘膜《ねんまく》に屹立《きつりつ》が包みこまれる。

「すげ……っ」

すぐに吸いこまれるような蠕動《ぜんどう》がはじまり、強烈な射精感が込み上げてくる。

「あ、あ、あ………っ」

はかない声を零《こぼ》しながら、石神が背中を震わせる。ぎゅうっと締め付けられて、脩一は息を飲んだ。

「あ、ど……して、こんな………」

「友彦？」

様子がおかしいと思ったら、石神は射精していた。繋《つな》がった衝撃でイッてしまったらしい。トコロテンなんて本当にあるんだ、と脩一はしばし唖然《あぜん》とする。

だがすぐに猛烈な羞恥《しゅうち》が襲ってきた。

どうして自分が恥ずかしいのかわからない。この場合、恥ずかしいのは石神の方だろう。なのに、石神をそんなふうにイかせてしまった自分が、めちゃくちゃ恥ずかしかった。

「あんた、なに勝手にイッてんだよ」

「ご、ごめん…」

「ちくしょう、かわいいじゃねぇか」

脩一に挿入されたことがそんなに良かったということだ。もう自制なんてききそうにない。

脩一はいきなり腰を突き上げた。

「ああっ」

石神が艶《なま》めかしい響きの声を上げる。

「友彦…っ」

細い腰を逃がさないように摑み、思いっきり腰を振った。絡《から》みついてくる粘膜がたまらない快感を生む。すぐにでも達してしまいそうで歯を食いしばった。

「んっ、あぁ、脩、一君…っ」

石神が最悪のタイミングで名前を呼んだ。あっと思ったときにはもう、迸《ほとばし》るものを止めることはできなかった。どくんどくんと欲望の証を石神の中に注《そそ》ぎこむ。

「あ、やべ……」

中出ししてしまってからゴムをつけていなかったことに気づいた。

「悪い、また中出しした」

「うん……」

ゴムをつけていないことをわかっていたのか石神はちいさく頷く。

「このあいだみたいに、あとで洗ってやるから」

許せ、と汗ばんだ背中にキスを落とす。

ゆっくりと体を離し、石神を仰向《あおむ》けにさせた。つぎは顔を見ながら繋がりたい。

一回出したくらいで治まる情動ではなく、ほとんど萎えていなかった。

「脩一君……」

唇《くちびる》にもキスしてほしそうな顔をされ、脩一は望みどおりにくちづけた。自分はこんなにべたべたしたセックスをする男だっただろうかと疑問に思うほど、始終、石神のどこかを触《さわ》っていたい。

執拗に舌を絡めたキスをしたあと、歳のわりには柔らかい石神の両足をまとめて持ち上げた。

「やだ、やめろ、こんな格好はいやだっ」

じたばたと抵抗する細い四肢《しし》を押さえつける。本気で嫌がられたら、いくら体格で勝っていても殴《なぐ》り合《あ》いになるだろう。そんなことにならないのは、嫌だと言いつつも石神が許しているせいだ。

「いいから、させろよっ」

「ああっ」

膝が胸につくくらいに体を二つに折り、天井《てんじょう》を向いた尻にまったく萎えないものを埋《う》めこんだ。綻《ほころ》んでいたそこは柔らかくて、すんなりと根元まで入っていく。

「あ、あ、あ、入る、また、奥まで…っ」

「う…くっ」

奥まで埋めこむと、またもや極上の蠕動に包まれ、脩一は低く唸《うな》った。

「あーっ、あんっ、んっ、んんーっ」

泣きながらよがっている石神の表情を眺《なが》めながら、いやらしい腰つきで抜き差しした。

「いいか？　いいなら、いいって言えよ」

「あ、んっ、い、いいっ」

「どこだ？　ここか？」

「ひ、いい、いいっ、あ、だめ、も……」

後ろからの刺激で半ば無理やり勃起《ぼっき》させられている石神の性器から、とろとろと先走りがこぼれている。それごと手のひらでぐちゃぐちゃと揉《も》んでやった。

「…………っ！」

石神は声もなく全身を痙攣《けいれん》させる。きつく粘膜に締め付けられて脩一は危うく射精しそうになった。

こんなに簡単に二回目を出してしまうわけにはいかない。もっともっと石神を気持ちよくさせて、修一の気持ちを体に教えなければならないのだから。

「あーっ、あーっ、あっ、いい、いいっ、脩一ぃ、もっと、もっと………」

「くそっ」

舌打ちして強く腰を入れる。絡みつく肉襞《にくひだ》に抗《あらが》うが、目眩《めまい》がしそうな快感の前にはいくらももちそうにない。

イきたくないのに。まだ石神の中に入っていたいのに。

「脩一君、好き、好きだ」

「うっ……」

必死で耐えている最中にそんなことは言わないでほしい。

「離さないで、もっとして、もっとっ」

石神は本気で泣いている。良すぎて辛《つら》いのかもしれない。それとも気持ちが高ぶって涙が零れてくるのか。

どちらにしろ、凶悪な涙ではある。

「友彦、友彦っ」

もうだめだ。我ながら情けないが、白旗を掲《かか》げるしかない。

この男には、それなりにモテた脩一なりのテクニックだとかプライドだとかは、通用しないのだ。いや必要がないと言ったほうが正しいか。

「友彦、すげぇいい……」

耳元に熱い吐息とともに吹きこむと、石神のそこがきゅっと甘く締まる。

「もう離したくない。愛してる。マジで」

リップサービスじゃない。本心だ。ここまで本気で思ったのは、もしかしたらはじめてかもしれなかった。

「ずっとこうしていたい…」

「脩一君…っ」

感極まったすすり泣きを聞きながら、脩一は石神の中に最後の一滴まで愛の証を注ぎこんだ。

気が済むまでセックスしていたら、いつのまにか夜になっていた。

疲れ果て、ラグの上で裸のまま石神は眠ってしまった。脩一は石神を起こさないようにそっと離れ、手早く服を着る。皺《しわ》だらけの着物を石神の上にかけた。

書斎を出て、そーっと二階に下りていく。さすがにバツが悪い。話し合うつもりがセックスになだれ込み、没頭して恵と芳江を待たせていることをすっかり忘れたのだから。

二人はどこにいるのか、人の気配がない。ダイニングに食事の用意がしてあるのを見つけた。皿の横に、メモが二枚。

『稲垣さんは仕事があるらしくて帰りました。私も帰ります。夕食と、お風呂の用意をしていきます。芳江』

もう一枚は恵だった。

『父さんをよろしく。幸せにしてあげてね！　でも脩一さんをパパとは呼ばないから。恵』

笑ってしまった。恵と芳江らしい。二階の様子を察し、気を利《き》かせて早々に帰ってくれたのか。

脩一はただありがたいと思うだけだが、石神は羞恥のあまりのたうちまわりそうだなと、メモをもう一度眺めながら苦笑いした。

三十分ほど寝かせてから、石神を起こした。二人とも空腹だったが、情欲の限りを尽くした体を先にきれいにすることで意見が一致したので、風呂に入ることにした。

石神はやっぱり腰が立たず、脩一が抱き上げて階段を下りた。

「ほら、洗ってやるからおとなしくしろ」

「やらなくていい、触るなっ」

「中出ししたお詫《わ》びだって」

いつかのように恥ずかしがって暴れたが、脩一は構わずに押さえつけてきれいに洗ってあげた。

「……君は、本当に私なんかでいいのか」

「上機嫌な俺を見てわからないのか？」

「だって、稲垣君に若い子を紹介してもらう約束だったんだろう？　そっちはどうしたんだ」

「どうもこうも、紹介されていないし、されるつもりはとっくになくなってる。そういえば……あんた、若くていい男を紹介してくれって、稲垣に頼んだらしいじゃないか。どういうことだ」

「あ、あれは…」

「恵は俺への当てつけじゃないかって言ったが、そうなのか」

否定しないところを見ると、間違っていないらしい。

「俺はもう、あんたしかいらない。だれも紹介してもらうつもりはない。だから、あんたも頼んだ紹介は引っ込めろ、いいな。………いや、引っ込めてくれ、頼む」

下手《したて》に出ると、たちまち石神はじわりと頬を赤くして俯く。その様子がそそった。泡立てたボディタオルをわざと胸の突起《とっき》に引っ掛けてみる。

「あっ、もういい、そこはしなくていいから…」

「どこのことだ？　乳首？」

「んっ」

「洗ってるだけなのに感じるんだ？」

羞恥のあまり泣きそうになるのがかわいくて、つい勃起してしまった脩一だ。

「君はどうしてすぐ勃たせるんだっ」

怒る石神の腰に、どうにかしてほしいとそれを押しつける。

「勘弁してくれ…。これ以上やったら、私は明日、起き上がれなくなる」

「じゃあ、ここでしてくれよ」

指で唇をなぞる。石神はしばらくためらったあと、諦《あきら》めたようにため息をついてフェラチオしてくれた。

ヒノキの椅子に座った脩一の前に、石神は全裸のままうずくまり、そこに顔を埋める。

石神がぼんやりした顔で、頬を染めて下手くそな口淫《こういん》をしている図というのは、脩一にとってこのうえなく淫猥《いんわい》にうつった。

「あんた、下手《へた》だな」

正直にそう言ったら、悲しそうに眉《まゆ》を歪《ゆが》める。その顔がそそると言ったら怒るだろうか。技巧《ぎこう》が拙《つたな》くても、愛しく思っていればイケるものだ。脩一のために苦手なフェラチオをしてくれている。そう思うと、もう何回もした後だというのにすぐにでも射精できそうだった。

「友彦、出すぞ。飲めよ」

涙目で石神が見上げてくる。股間から顔を離そうとしないのだから、脩一の言う通りにするつもりなのだろう。

見つめ合いながら脩一はイッた。石神の口腔《こうこう》に体液を注ぎこむ。青臭いそれを、石神は従順に飲み下した。

「はぁ……」

体を起こし、石神は手で口を覆《おお》った。

「ま、不味《まず》かった……」

「飲んだことなかったのか?」

「あるわけないだろう」

「元彼にはしてやらなかったのか。フェラすれば一回くらいはうっかり飲むだろう?」

「その……苦手で、下手だし…あまり…」

処女信仰なんてものはない脩一だが、元彼にはあまりしていなかったと聞いていい気分になった。

「ほら、こっち来い」

膝の上に石神を抱っこする。すこしだけ甘えたように脩一にもたれかかってきた。

「なあ、ちょっと聞いていいか。恵の話だと、あんたの元彼には迷惑をかけられたってことだが、金の無心でもしたのか？」

「うん、まぁ……そんなところ」

石神はわかりやすい資産家だ。この家を一目見ればだれもが金持ちだとわかる。

「もし俺がそいつと同じようにあんたの金目当てだったらどうする？」

ちょっとした意地悪のつもりで囁《ささや》いてみた。石神はあまり考えこむことなく、あっさりと答える。

「いくらぐらいほしいの？　一千万くらいならすぐに用意できるけど」

「は？」

もたれかかっている脩一の胸に頬を寄せながら、詐欺師が飛びつきそうなことを言う。

「一億くれって言ったら？」

「すこし時間がかかるけど、作れる。持っている物件を売ればいいから。なにか事業でも起こす？」

「あんたなぁ……」

危ない男だ。家族がしっかり見張っていないと、どこの馬の骨に貢《みつ》いでしまうかわからない。恵と芳江のいままでの苦労がしのばれる。

「俺なんかに貢いでどうすんだよ」

「あんなふうに大切に抱いてもらったのははじめてだったんだ……どこも痛くなかった……」

つまりいままで痛い思いをしてばかりだったということか。かわいそうではあるが、そのせいで脩一が百倍良く見えているように思う。

「俺のセックスは気持ちよかったか？」

「……死ぬかと思った」

ぽつりと呟《つぶや》いた石神の赤い耳。

「金なんかいらねぇよ。馬鹿」

その耳に噛《か》みつく。ちょっと強めに歯を立てて、おしおきだ。

「痛いっ」

「痛いように噛んでんだよ、馬鹿」

「何度も馬鹿馬鹿言わないでくれるか」

「馬鹿だから馬鹿って言ってんだ」

くだらない言い合いをしていたら、いつのまにか二人は茹《ゆ》だっていた。

それからどうなったかと言うと——脩一《しゅういち》は石神《いしがみ》家の一員のような扱いをうけている。

あの日はそのまま石神の寝室に泊めてもらい、ひとつの布団《ふとん》で寝た。翌朝、朝食を作りに来た芳江《よしえ》はご機嫌だった。

「旦那《だんな》様を末永くよろしくお願いしますね」

頭を下げられてしまった脩一だ。

夕方になると恵《めぐむ》が現れ、嬉々として脩一を引きとめ、結局、石神家に連泊。

以来、脩一は何日も叔父《おじ》の家に帰れなかった。

石神は稲垣《いながき》がしでかしたことについては不問にするらしい。結局は稲垣のおかげで恋人ができたのだし、長年のつきあいを考えると、許すしかないのだろう。

ただ、二度と余計なことは画策《かくさく》しないようにと誓わせたという。

敷地内の草取りは終盤に向かっている。

草刈り機を使用して敷地の西側と北側をきれいにしてしまえば終わりだ。

叔父の腰はほぼ治っていて、庭木の剪定《せんてい》ができそうなくらいに回復している。

今度は庭師の見習いとして、叔父の手伝いをするために石神邸《てい》に出入りすることになる。予定は十二日間だ。日曜の休みを入れると二週間。

それが終わったら、脩一はそろそろ真面目《まじめ》に仕事を探そうと思っている。

叔父のところでのんびりしているのは楽でいいが、石神とつきあっていくことを考えると、あまりにも釣《つ》り合《あ》いがとれていないようで気になる。

男として対等でありたい。石神のような才能はないから、そこで張り合うつもりはないが、せめてきちんとした職につこうと思うのだ。

「おー、月がきれいだ」

二階の窓から夜空を見上げる。きれいな満月だった。はじめてこの家の風呂場から月を見上げた夜から、ほぼ一ヵ月たっているということか。

脩一は湯上がりに浴衣《ゆかた》をまとい、石神の寝室にいた。足元には塗りの盆《ぼん》にのった徳利《とっくり》と猪口《ちょこ》。部屋の照明を消してあるので、満月の光が余計にきれいに見える。

月を眺《なが》めながら一杯なんて風流めいたことはしたことがなかったが、石神家では芳江が気を利《き》かせていろいろと用意してくれる。

「どうぞ」

石神が徳利を手にした。

畳《たたみ》にあぐらをかき、猪口を差し出す。

石神も湯上がりで、揃《そろ》いの浴衣を着ていた。青い月光に照らされて、いつになく艶《なま》めかしく見える。脩一はつい熱っぽい目で石神を見つめてしまった。照《て》れ臭《くさ》いのか、すっと顔をそむける。

　形のいい耳が赤く染まっていた。脩一が好きな耳たぶも紅色《べにいろ》になっている。あとで思う存分、弄《いじ》ろうと思いながら酒を飲んだ。

「ん、美味《うま》い」

　大吟醸《だいぎんじょう》は美味かった。さすが石神家は置いてある酒もいい。

「あの、脩一君……」

「なんだ」

「来週から、治郎《じろう》さんが庭木の手入れに来てくれるそうだけど」

「ああ、そうだな」

「あの、それが終わっても、たまにはここに遊びに来てくれるかな……」

　気弱なお願いに、猪口を持つ手がピタリと止まる。

「なんだと?」

「あ、いや、その、たまにでいいんだ。無理にとは言わない。君も忙しいだろうし、気が向いたときに私のことを思い出してくれたら……」

「あんた、それマジで言ってんのか」

「ご、ごめん。でもこれっきりになりたくないんだ。一ヵ月に一回とか、あの、二ヵ月に一回でもいい。来てくれたら、うれしいから」

「黙れ」

脩一は苛立《いらだ》ちのままに猪口の中の酒を石神にぶっかけた。量が少ないからたいして濡《ぬ》れはしない。だが石神は顔を濡らしたまま愕然《がくぜん》とする。

「……ごめん、修一君……。君のことが、好きなんだ……」

石神の目にみるみる涙がもりあがり、あっという間にあふれた。酒と涙で頬《ほお》を濡らしながら、脩一の膝《ひざ》にひかえめに手を乗せてくる。

「あんた、本当に救いがたい馬鹿だな」

「ごめんなさい…」

しくしくと泣いている石神を抱き寄せ、青白い頬に口を寄せる。涙と酒が混じった水滴を舐《な》めた。

「俺はな、芳江さんに末永くよろしくと頼まれてんだよ。そう簡単に手放すと思ってんのか」

「えっ、末永く?」

知らなかった石神は目を丸くしている。

「恵には、いっそこの家に住んでくれって言われているんだが、あんた、どう思う?」

ひくっと石神の喉《のど》が変な音をたてた。

涙を零しながらじっと脩一を見つめている。

「おい、どうなんだよ。嫌なのか」

「嫌なんて、そんなこと言うわけないじゃないか。う、う、うれしいよ……」

必死で涙を飲みこみながら、石神は脩一の浴衣にしがみついてくる。

「私からも、お願いしたい。ぜひ、ここに住んでくれ。部屋はたくさん余っているから、どこでも好きなところを使ってくれたらいい。なんだったら、君のために庭に離れを建てようか？」

「そこまでしなくていい」

はっきり断っておかないと石神はやりそうだ。

「俺のために無駄な金は使うな」

「無駄じゃないと思うけど……」

「いいから、離れはいらない」

「わかった…」

石神はつまらなさそうに頷《うなず》いた。

「俺はいつここに越してくればいい？」

「そんなの、いつでもいい。君は体ひとつで来てくれたらいいから。私が服でもなんでも用意する――」

「だから俺に金を使うなって」

石神がこんなに貢《みつ》ぎ体質だったとは。

これからはよほど言動に注意しないと、とんでもないことになりそうだ。

「明日にでも叔父に話してくることにする。あの人は俺のことをよくわかってくれているから、たぶんすんなり送り出してくれると思うよ」

「本当に、来てくれるの……」

「来るって言ってるだろ」

「あ、あ、ありがと……」

ぼろぼろと涙をこぼす石神にむらむらしてきて、脩一は盆を蹴飛《けと》ばすと細い体を布団に押し倒した。

脩一は月光の中、いつものように、お気に入りの耳たぶに歯を立てる。

「これは、俺のもんだ」

脩一なりの愛の言葉を囁《ささや》きながら。

愛を叫ぶ

石神《いしがみ》は、脩一《しゅういち》の寝顔を眺《なが》めるのが好きだ。

自分の横で無防備に眠ってくれている——その奇跡のような事実に感動してしまう。遮光《しゃこう》カーテンの隙間《すきま》からわずかに漏《も》れる朝日を頼りに、石神は脩一の顔の輪郭《りんかく》を視線でなぞった。本当は触《さわ》りたいところだが、そんなことをしたら眠りを妨《さまた》げてしまうだろう。

ものすごくハンサムというわけではないが、脩一は整《ととの》った顔立ちをしている。しっかりした眉《まゆ》ときりりと上がった目尻、鷲鼻気味《わしばなぎみ》の高い鼻、肌《はだ》は庭師見習いという仕事がら日に焼けていて精悍《せいかん》だ。

二十七歳という若さは、肌の張りと髪の艶《つや》に表れている。白髪はまだ一本も見当たらないし、体力は石神とは比べようもないほどある。昨夜だって……と、石神は一週間ぶりのセックスを思い出してしまい、そっと頬《ほお》を染めた。

脩一はほぼ週末ごとに石神の家に来て泊まっていってくれる。当然、その夜は濃いセックスだ。十五歳も若い恋人に、石神は精一杯ついていこうとするが、最後はいつも気を失うようにして眠りに落ちてしまうのだ。

土曜の夜、芳江《よしえ》の心づくしの食事のあと、二人で風呂に入った。脩一はこの家の風呂がお気に入りで、窓から月を眺めながらゆったりと湯につかる。石神は無駄なく引《ひ》き締《し》まった脩一の体にどきどきしながら世間話に相槌《あいづち》を打ったり、背中を流したりした。

上がる前にはちょっとばかりエッチな悪戯《いたずら》をしかけられ、石神はのぼせたようになってしまったが、いつものことだ。

そして二階の石神の寝室に上がり……気を失うまで快感を与えられた。四十二歳にもなって、毎週激しいセックスをしている自分が信じられない。もうなにも出ない、勃《た》ちもしないと弱音を吐く石神に、脩一は意地悪な笑みを浮かべながら官能的なキスをしてくるのだ。

ねっとりと舌を絡《から》められ、上顎《うわあご》をくすぐられ、唾液《だえき》を飲まされる。石神は頭がぼうっとしてなにもわからなくなり、いつしか「入れて、もっとして」と縋《すが》りついてしまう。

脩一は優しいから、石神が求めればその通りにしてくれる。自分がこんなに淫乱な性質《たち》だったとは、この年になるまで知らなかった。

脩一は引くどころか面白《おもしろ》がってくれるから、良かった。

ほぅ、とため息が漏《も》れる。こんなに格好良くて若い恋人ができたなんて、いまだに信じられない。もう一年近くも続いている。

石神としては、脩一と早く一緒に暮らしたいのだが、なかなか引っ越してきてくれない。

脩一にもいろいろと事情があることは理解しているつもりだ。だが、石神は、やはり脩一のすべてを手に入れたいと思ってしまう。

週末だけの逢瀬《おうせ》なんて、物足りない。四六時中、セックスしたいというわけではなく、会わないでいる時間、脩一がなにをしているのか気になってたまらないのだ。できればずっと一緒にいたい。なにもかも面倒をみてあげたい。

昨夜も、思い切って「いつここに来てくれる？」と聞いてみたが、セックスでごまかされてしまった。まんまとごまかされてしまう石神にも問題はあるが……。

修一の寝巻きは浴衣《ゆかた》だ。石神のものとお揃《そろ》いで、長身の修一用に芳江が縫《ぬ》ってくれた。寝乱れて襟《えり》もとが広くなり、きれいな鎖骨《さこつ》が露《あらわ》になっている。美しい陰影を描く鎖骨を指でなぞりたい――。

「おい、いつまで眺めてんだ」

熟睡《じゅくすい》していると思い込んでいた修一が、唐突に声を発した。びっくりして固まっている石神の前で、修一は器用にも片目ずつ開き、じろりと睨《にら》んでくる。あわわと石神は視線をそらした。

「いま何時だ？」

「えと、八時…十分くらい」

修一は、ふわぁ…とあくびをしながら両腕を突きあげて伸びをし、ぐしゃぐしゃと髪を手でかきまぜた。

「まだ八時かよ…。日曜だってのに、もうちょっとゆっくり寝かせてくれ」

「まだ寝っててもいいよ、もちろん。今日は特に予定もないし」

「あんたのエロい視線が気になって眠れないっての」

「エロ……」

そんなにあからさまにエロい目をしていただろうか？　確かに昨夜のことを思い出して、一人で赤面していたが。

「ご、ごめん」

「なんだよ、マジでエロいこと考えていたわけ？」

乱れた前髪の間から、意地悪な目がかすかに笑う。色っぽくて危険な香りが漂《ただよ》いそうな目つきだった。朝の健全な空気の中で出す表情ではない。

こんな目をする脩一はとても危険なのだと、石神は短い付き合いで学習していた。

「あー、えっと、芳江さんが昨日のうちにおかずを作り置きしていってくれたはずだから、朝ご飯にしようか」

「待てよ」

脩一を刺激しないようにそろりと布団《ふとん》から出ようとしたが遅かった。大きくてがっしりとした脩一の手は、肉体労働とは無縁な生活を送っている石神の細い腕をあっさりと摑《つか》む。強引に引き寄せられて脩一の腹の上に乗ってしまう体勢になり、石神は赤面した。

上から見下ろす形は、どうしても羞恥《しゅうち》を誘う。それに、鍛《きた》えられた硬い腹筋の感触にどきどきした。

「あ……」

石神の大腿《ふともも》になにか固いものが当たっている。確かめてみなくとも、それが脩一の屹立《きつりつ》だとわかった。若さゆえか、脩一の朝の現象はいつも顕著《けんちょ》だ。

「あの、朝ご飯は……」

「この状態の俺に、我慢して、おとなしく飯《めし》を食えって言うのか？」

「でも、あの」

　脩一は朝っぱらのセックスに疑問も羞恥も感じないらしく、いつもこうして石神を求めてくる。若い恋人の要求を、石神はできるだけ飲もうと頑張っているのだが、いまここで好き勝手に体を許すと、足腰が立たなくなってせっかくの日曜日が台無しになることを、この一年弱で学習していた。ただでさえ、昨夜の激しい行為でへとへとになっているのに。

「あ、あの、じゃあ、口で、やるから」

「フェラしてくれるか？」

　うん、と石神は頷《うなず》き、布団の中にもぞもぞと潜《もぐ》りこんだ。脩一の浴衣は裾《すそ》も乱れて膝上《ひざうえ》までめくれあがっている。それをさらに広げて、ボクサーパンツの中で立派に勃ち上がっているものを取り出した。

　これが昨夜、自分の中を埋《う》め尽《つ》くして快楽の限界まで押し上げたものかと思うと、全身がカーッと火のように熱くなってしまう。できるだけ思い出さないようにしながら、目の前のものに唇を寄せた。

「ん……」

口腔《こうこう》で愛撫《あいぶ》しているところを観察されるのは恥ずかしくてだめだが、こうして布団の中に隠れてなら大丈夫だ。石神は大胆に舌を這《は》わせ、先端を舐《な》めねぶった。

別れた妻に指摘されるまで、石神は自分がゲイだなんて思ったこともなかったのだが、そのころが信じられないほど、いまは男性器をこうして愛撫することにためらいはなく、むしろ好きだ。けれど、誰のものでもいいというわけではない。脩一のものだからこそ丁寧《ていねい》に熱心に奉仕してあげたい。

離婚後にはじめて付き合った元カレには、強要されない限り、こんなふうにフェラチオしてあげたことなどなかったのに。

脩一はちょっと横暴なところもあるけれど、石神のことを大切にしてくれているし、週末に別の用事を入れて会えなかったことはない。石神を金づるだとしか考えていなかった元カレとは違うのだ。

家政婦の芳江も、脩一のことを気に入ってくれている。元彼を目の敵にしていた息子の恵《めぐむ》にいたっては、脩一を年の離れた兄のように慕《した》っていた。こんなふうに家族に祝福される恋人を持つことができる日が来るなんて――。

熱心に口腔での愛撫を続けながら、現在の幸福を思って石神はうっかり涙ぐんだ。ぐすっと洟《はな》をすすったのが聞こえたのか、「どうした?」と脩一に布団を剝《は》がされた。

「おい、泣いてんのか。苦しいならやめろよ。もうしなくていいから」

すぐにそう言ってくれる脩一のことが、石神は本当に好きだ。

「だ、大丈夫だから……」

「大丈夫じゃねぇだろ。ほら、もういいから、こっち来い」

脇の下に手を入れられ、ぐいっと体をひっぱられた。脩一のたくましい腕に抱きすくめられ、よしよしと背中を撫《な》でられて力が抜けていく。

「嫌なら嫌って言えよ。人なんだから、気分が乗らない時があるのが普通だろ」

フェラチオが嫌だったわけじゃない。そう説明しようとしたが、湊がぐずぐずしてうまく喋《しゃべ》られなかった。

「嫌がられたくらいで、あんたのこと、嫌いになったりしないからさ」

そう囁《ささや》かれて、頬にキスされた。

幸せだと思う。脩一に出会えて、本当に良かった。


『先生、ついにやりましたよ！』

受話器から上ずった声が飛び出てきて、石神《いしがみ》は顔をしかめながら耳から遠ざけた。叫んでいるのは担当編集者の稲垣《いながき》だ。

『日本児童文学大賞を受賞しました！』

「えっ……」

石神は驚きのあまり硬直して、口をぱくぱくと動かすことしかできなくなった。昨年度、同賞にはじめてノミネートされ、最終選考まで残ったと聞いた。なので今年も続けてノミネートされれば、受賞の可能性が高いとは稲垣に言われていたが、まさか大賞をもらえるとは。

いままで賞というものには無縁だった。作家デビューは、学生時代の文芸サークル仲間と作った同人誌がきっかけだ。稲垣が偶然にもその同人誌を目にし、直接、石神に「プロとしてデビューする気はありませんか」と連絡があった。

人に読んでもらうことを意識した小説を書いていなかった石神は、声をかけてもらってから実際にデビューするまで、のんびりとした性格のせいもあるだろうが、数年を要した。あくせく働かなくとも生活に困らない経済状態だったこともあるだろう。

だから、石神にとって、これがはじめての賞なのだ。

生まれてはじめての受賞が児童文学界では、もっとも権威のある日本児童文学大賞なんて。信じられない。夢でも見ているのではないだろうか。

『もしもし？　先生？　聞こえてますか？』

「あ、ああ、聞こえている……」

『日本児童文学大賞ですよ。わかっていますか？』

「わ、かって、いる……つもりだ」

電話なので稲垣には見えないのに、石神は何度もこくこくと頷《うなず》いた。

「………どうしよう……」

『どうしようって、なにがですか？』

「なにって……」

石神はおろおろと周囲を見渡した。自分の書斎なので一人きり。目で救いを求めても、なにもないし、誰もいない。平日なので脩一《しゅういち》もいない。一階に芳江《よしえ》ならいるだろうが。

『授賞式は来週の日曜日だそうです。おめかしして来てくださいよ』

「授賞式？　えっ……それって、パーティーみたいなもの？」

『パーティーとは別です。ただの授賞式ですから。ああ、でも、こんなに目出度《めでた》いことはないですから、受賞パーティーを開きましょうか！』

石神はびっくりしすぎて声も出ない。稲垣は有頂天になっているようで、びびっている石神の様子には気づいていないようだ。

『うちの社長にかけあってみます。社費でパーティーを開いてもらいましょうよ』

「そ、そんなの、いいよ……」

『うちみたいな弱小出版社から、こんな目出度いことは二度とないかもしれませんからね。ああ、もう……すごく、嬉《うれ》しいです……。良かったです……』

電話の向こうで稲垣が涙声になっている。感極まったらしい。その声を聞いて、石神もやっと受賞の実感がわいてきた。

平日昼間のコーヒーショップは、ランチ帰りのOLや、自主的に早退してきたらしい高校生や大学生らしい若者たちで、そこそこ混んでいた。

自動ドアをくぐって脩一《しゅういち》がぐるりと店内を見渡すと、窓際のテーブル席でこちらを見ながら若い男が手を振っている。会うのはほぼ一年ぶりだが、間違いなく待ち合わせの相手だとわかり、脩一は手を振り返した。

大学の同期で、小城《おぎ》という。学部は違ったので大学で接点はなかったが、偶然、二丁目で出会い、仲良くなった。何回か寝たことがあったが、恋愛感情は微塵《みじん》もわかなかった。

今日の小城は、黒っぽいワイシャツに黄色いネクタイを締《し》めている。眼鏡はネクタイに合わせたのかフレームが黄色だった。どことなくコケティシュに感じる顔と細身の体にとても似合ってはいるが、まともなサラリーマンには見えない。そのあたりは以前と変わらなかった。

小城は顔もスタイルも悪くないし、さっぱりとした性格で付き合いやすい男だ。だが本気になれなかった。現在一回り以上も年上の石神と付き合うことになった経緯《けいい》からわかるのは、恋愛は理屈ではないということだ。

カウンターでブラックコーヒーを購入し、そういえば小城は甘いものが好きだったなと、マフィンもいくつか買う。そのまま持ち帰ることができるように紙袋に入れてもらった。

「すまない。待たせたな」

「いや、たいして待っちゃいない」

小城はにこりと微笑《ほほえ》む。爽《さわ》やかな笑顔は健在だ。小城の正面の席につくと、マフィンが入った紙袋を相手に差し出した。

「これ、おやつにでもしろよ」

「ダイエットしている俺にこんなものを渡すなよ……」

喜ぶと思ったのに、小城は不愉快そうに顔をしかめる。ダイエットなど必要ない体に見えるのだが、気にしているらしい。

「最近さ、腹まわりが弛《ゆる》んできたように思うんだよね」

「そうか？　別に太ってないだろう」

「確かめてみる？」

きらりと小城の目が本気っぽく光ったが、脩一は「みない」ときっぱり拒んだ。

「なーんだ。ひさしぶりに呼び出されたから、そういうお誘いかと思ったのに」

「用件は電話で伝えただろう。忘れたのか？」

「覚えているよ。もう……」

小城は子供っぽく唇《くちびる》を尖《とが》らせながらテーブルの隅《すみ》に置いてあったファイルケースを引き寄せ

た。実は、脩一は小城に再就職先の紹介を頼んでいたのだ。小城は某有名アパレルブランドの幹部の秘書をしている。なかなかのやり手だと評判で、おそらく顔が広いであろう小城に相談してみたのだ。

勤めていた商社が倒産してから三年。ブランクにしては長い。一人で職を探すには限界があると思い、脩一は友人知人に片っ端から連絡を取った。その中で、色良い返事をしてくれたのが小城だった。

再就職することが石神との将来に繋《つな》がると、脩一は信じている。

かつての高慢な脩一なら、ゲイ仲間で同年の男に頼ることなど考えもしなかっただろうが、石神《いしがみ》と出会って、かなり心境の変化があった。

生まれながらの資産家で、小説家でもある石神なのに、自分に自信がなくて脩一の前でよく泣く。好きだと、頼むから会いに来てくれと懇願《こんがん》してくるプライドのなさは、脩一には衝撃だった。石神に色々とびっくりさせられた脩一だが、いまでは、それもアリか、と納得している。石神の捨て身の懇願に比べたら、小城に就職先を紹介してもらうことくらい、たいしたことではない。

いまはこの関係を長く続けていくためにはどうしたらいいか、模索《もさく》中だった。

石神に惚れたと自覚し、真剣につきあっていこうと決めたとき、脩一はすぐにでも石神邸に引っ越してもいいと思った。だが——。

石神は金持ちだ。脩一は他人の金に興味はないが、ヒモになるのだけは勘弁したい。それだけはプライドを持っていたいのだ。このままでは石神のヒモになってしまいそうなので、定職に就こうと思った。

片方が経済的にも精神的にも依存するような関係は、きっと長続きしない。ささいな気持ちのすれ違いが重なり、破綻へ繋がるかもしれないからだ。脩一は、男同士だからこそ無視できない問題だと思っている。

いままで何人かとつきあってきたが、こんなことまで考えたのは、今回がはじめてだ。

「電話で三澤《みさわ》の希望を聞いたけど、確認するよ。ええと、まず、職種は問わない。基本給も平均程度で良し。ただし有給休暇や各種保険は求める。転勤はナシが良いと」

「そうだ」

転勤は絶対に避けたい。石神は一ヵ月に一度くらいしか会えなくてもおとなしく待っていそうだが、脩一の方が果たしてそれで我慢できるかどうかあやしいからだ。そんなことは石神に絶対言わないが。

「何件かピックアップしてきたよ。うちの会社に来てもらってもいいし。商社に勤めていたおまえなら、営業で使えそうだ」

「アパレル業界はまったくの門外漢だぞ」

「そんなの、おいおい覚えていってもらえればいいさ」

小城がテーブルに広げた募集要項を、脩一は順番に見ていった。

「気になる会社があったら、俺が話を通しておくよ。全部、なんらかの付き合いがあるところばかりだから」

「そうか。サンキュ」

持つべきものは、同類の友だ。書類を真剣に眺《なが》めていると、小城がため息をついた。

「恋人のために定職につこうと思ったんだよな？」

「……まあね」

「その人、幸せだね。いいなぁ、三澤にそんなふうに愛されて」

半《なか》ば茶化した口調ながらも、羨《うらや》ましく感じているのは本当だろう。

「幸せかどうかは、本人に聞いてみないとわからないな」

肯定《こうてい》するのも気恥ずかしくて俯《うつむ》いたままそう言ってみたが、石神は脩一に出会う以前よりも生き生きしていると、芳江や恵《めぐむ》に言われている。

「どんな人？　面食いのおまえのことだから、かなりの美形なんだろ。脩一を骨抜きにさせるくらいだから、経験豊富な小悪魔って感じ？」

危うくコーヒーを吹き出すところだった。なんとか嚥《えん》下《か》し、脩一は咳《せき》をこらえながら、それだけは否定しておいた。

「いまの相手は、年上だ。間違っても美形の小悪魔じゃない」

「ええーっ、年上？　脩一って、年下のかわいい系が好きだったよね。どうしたの？」

「どうしたもこうしたも……。自分でもよくわからん」

首を捻《ひね》る脩一に、小城はまた大袈裟《おおげさ》すぎるため息をついた。

「あーあ……、タイプじゃないのに惚《ほ》れちゃったってことか……。それ、本気なんだ。本気じゃなきゃ、そういう人と付き合おうなんて思わないよ。しかも就職しようだなんて」

カップの中のコーヒーをぐいっと飲み干し、小城は面白《おもしろ》くなさそうにため息をつきながら、ネコっ毛を片手でかきあげる。かつて、恋愛感情はなくとも、脩一は小城のそんなしぐさにそそられた。だがいまは、四十二歳にもなってすぐ泣く天然ボケ作家の、寝グセだらけの髪の方にそそられる。

「小城、これ持って帰っていいか？　検討したいんだが」

「いいよ。でも返事は早くしてね。どこも使える人手を欲しがっているところだから」

「わかった。ありがとう」

さらりと謝意を口にした脩一に、小城は珍しいものでも見たような奇妙な顔をした。

授賞式のときに着た紋付《もんつ》き袴《はかま》を、受賞パーティーでも着るようにと、恵《めぐむ》に命じられた。

「父さん、和服が似合うんだから、それ着なよ。カッコいい」

かわいい一人息子にそう言われてしまったら、拒絶することなんてできない。

その息子は、最近背が伸びて、石神《いしがみ》の身長に近づきつつある。同級生たちと並ぶとずいぶん小柄に見えていた恵だが、成長期が訪れたらしい。会うたびに大きくなっていった。

「恵、そのスーツ、似合うな」

一緒にパーティー会場へ行くために、恵は準備万端整《ととの》えて、石神邸に来ていた。童顔の恵によく似合う、パールがかったベージュのスーツは、おそらく別れた妻の見立てだろう。

「ありがと。レンタルなんだけどね」

「借り物なのか？」

「母さんは買いたがっていたけど、どうせすぐ着れなくなるから、もったいないよ。俺、いま月に一センチの勢いで背が伸びてるから」

「それはすごい」

一年で十二センチの成長を遂《と》げる計算になる。この一年は、恵、生まれ変わるの巻か？

「それよりさ、脩一《しゅういち》さんは？　パーティーに出席してくれるんだよね？」

「もうすぐ着くんじゃないかな」

石神は座敷の時計を見上げながら答える。

「うー、楽しみー。脩一さんのスーツ姿ー」

恵はにやにやと笑っている。じつは石神も、脩一のスーツ姿を密かに楽しみにしているのだ。

いままでラフな格好の脩一しか見たことがない。Tシャツにジーンズとか、トレーナーにカーゴパンツとか、頭に手ぬぐいを巻いている汗だくの姿とか。

どんな格好をしていても脩一なら素敵だろうが、かっちりとしたスーツを着たら、いったいどんな感じなんだろうかとわくわくしている。

今夜、稲垣《いながき》の働きかけで出版社がパーティーを開いてくれることになっていた。自分のために社員と、付き合いのある作家たちが集《つど》うなんて滅相《めっそう》もない。恥ずかしいし申し訳ないからやめてくれと言っても、稲垣は引かなかった。

一人で晒《さら》しものになるのは嫌だと訴えた石神に、稲垣は「じゃあ、恵君と脩一さんを招待しましょうよ」と提案したのだ。恵はともかく脩一を連れていくという案にびっくりした石神だが、稲垣の「おめかしした脩一さんはカッコいいんじゃないですかね」という一言に、その気になった。

当初、脩一はパーティーへの出席を渋っていた。だが石神が必死で頼みこんだら、なんとか了承してくれたのだ。できたらスーツで決めてきてくれとの石神の言葉に、脩一が思い切り嫌そうな顔をしたのは言うまでもない。

勤めていた商社が倒産してからというもの、もう何年もスーツを着ていないそうだ。それだけでなく、スーツはすべて実家に置きっぱなしになっているので、取りに戻るのが嫌だとこぼしていた。

だったら石神が新調してあげようと思ったら、あっさり断られた。脩一は、なにも贈らせてくれない。なにも欲しがらない。石神はどうしていいか、よくわからなくなる。

脩一にはなんでもしてあげたいのに、欲しがるのはセックスだけだ。若くもない、ついでに体力もない、こんな体を欲しがるなんて、脩一は本当に変わっている。そんな無欲で飄々《ひょうひょう》とした脩一が好きなんだけれど。

「あ、来たみたいだよ」

恵の弾んだ声に顔を上げると、たしかに玄関が開く音とともに「こんちはー」とのんびりした脩一の声が。足音が廊下を進んでくる。石神はどきどきしながら座敷で待っていた。

「ああ、ここにいたのか」

鴨居《かもい》をひょいとよけながら座敷に入ってきた脩一は、ネイビーのストライプ柄のスーツを着ていた。石神は目を奪われて、声も出ない。

すごい――格好良い……。

最近の若者らしく手足は長めだなと思っていたが、ここまでスーツが似合うとは思わなかった。ネクタイもネイビーだが、こちらはドット柄。奇をてらっていない真っ白いシャツと、ポケットチーフの白が清潔感を漂《ただよ》わせている。髪は軽く後ろに撫《な》でつけてあり、形のいい額《ひたい》が露《あらわ》になっている。

はじめて見せてくれたスーツ姿を褒《ほ》めようと、おずおず口を開けたときだった。

「わぁ、カッコいい！　脩一さん、すごく似合ってるね！」

　恵が先に言ってしまった。

「そうか？　久しぶりに着たから、窮屈《きゅうくつ》でたまらん」

「そういうカッコを見せられると、やっぱり商社でバリバリ働いていたんだなーってわかるよ」

　褒める機会を逸《いっ》してしまい、石神は手元だけでもじもじと羽織の紐《ひも》をいじった。

「こんにちはー」

　玄関から稲垣の声が聞こえた。すぐにドタドタと重い足音が響いてきて、小太りの男が座敷を覗《のぞ》いた。ぐるりと見渡し、全員の服装を目でチェックしているのがわかる。

「みなさん、用意はできているみたいですね。そろそろ行きましょうか」

「はーい」

　元気に返事をしたのは恵だ。揃《そろ》って出かける石神たちを、芳江《よしえ》はにこにこと満面の笑みで見送ってくれた。

　稲垣が運転する車で、パーティー会場になっているシティホテルへと向かう。石神は脩一をもっと近くで見たいと思ったのだが、さっさと助手席に座られてしまい、後部座席に恵と二人で座ることとなった。

　車が走り出すと、脩一は稲垣と世間話をはじめてしまう。つまらないなと無言でいると、隣から恵が脇腹を突いてきた。

「ねぇ、父さん。脩一さん、すごくカッコいいね」

内緒話のようにこそっと話しかけてくる。石神は赤面しないように気をつけながら、「そうだな」とたいしたことではないように頷《うなず》いた。

「なにクールぶってんの」

「うっ」

図星を刺されて、石神はしかめっ面《つら》になった。リベラルな息子は、父親の恋愛にとても協力的だ。だが脩一は、もともと恵のようなかわいいタイプの年下が好みらしいので、石神は気が気でない。カッコいいなんて恵が興奮すると、もしかして好きになったしまったのかなと疑ってしまう。

「あ、そうだ。父さん。今度、『緑のこえ』にサイン入れて欲しいんだけど、いい?」

「いいが……誰かに贈るのか?」

「うん、エミちゃん」

語尾にハートマークがつきそうな浮かれた声で、恵がにっこり笑う。

「おまえ……、確か一ヵ月くらい前にも、サイン本を渡したと思うが……。そのときはサッちゃんだとか言っていなかったか?」

「サッちゃんはもう過去の人だよ。いまはエミちゃん。目がくりっとしてて、胸がおっきいんだ。エロくてかわいいの」

石神は無言になった。リベラルで父親の彼氏とも仲良くしてくれるデキた息子だが、女関係は派手だった。まだ中学三年生なのに。

「恵、おまえってモテるのな」

話を聞いていたらしい脩一が、笑いながら助手席から振り返ってきた。

「そんなアイドルみたいな顔して、やることやってるってのは、感心するよ」

「やることやってるなんて、人をヤリちんみたいな言わないでよー」

やりちん？　はて、なんのことだろう……。

「初体験はいつだ」

「えー、そんなの答えなくちゃいけないのー？」

「もったいぶるなよ、教えろ」

石神もそれは知らないので、ちょっと聞いてみたい気がする。

「中一の秋かな」

恵の答えに、石神はぶっと吹き出すと同時に噎《む》せてしまい、ごほごほと咳《せ》きこんだ。

中一の秋？　誕生日が過ぎてすぐだが、まだ十三歳ではないか。

自分が中学生のころなんて、やっとセックスの詳細を知ったくらいで、実践している友達なんて皆無だった。石神自身は、大学生になってから経験した。いや、二十年ほど前は、それで普通だったと思う。

その後、初体験の彼女とは別れたが、二人目に付き合った女性が、別れた妻だった。なので、石神の女性体験は二人のみということになる。ちなみに、男も脩一で二人目だ。

四十歳を過ぎて、セックスした相手は男女とりまぜて四人という自分の息子が、中一で初体験を済ませ、以来、頻繁《ひんぱん》に恋人を取り替えているという事実に、石神は眩暈《めまい》がした。いったいどうして、こんな息子に育ってしまったのか。もしかして父親がゲイだと判明し離婚したせいで、息子に悪影響を及ぼしてしまったのだろうか。

ひとりでぐるぐる考えていると、肩にぽんと恵が手を置いてきた。

「父さーん、なに滅入《めい》った顔してんのー？　もしかして余計なこと考えてる？」

「余計なことというか、その……」

「オレの素行は特に悪くないよ。彼女の切れ目はなくて、いつもだれかと付き合っているけどさ、複数と同時進行はしたことないんだ。危ないプレイもしたことないし、妊娠させたこともないし、きれいなもんだよ」

あはははは、と屈託《くったく》なく笑う恵に、石神はますます暗い気分になった。

救いを求めるように助手席を見ると、脩一は苦笑している。石神と目が合うと、ひょいと肩をすくめてみせた。仕方がないんじゃないか、と言っているように見える。

恵がちょっとばかり爛《ただ》れた中学生になってしまったことに関して、いまさらどうこうできないだろうとはわかっている。確かに、仕方がないのだろう。こうなったら、恵がもし問題を抱《かか》えたときは、父親らしく責任を取る覚悟を固めておけばいいだろう。

そうこうしているうちに、ホテルに着いた。稲垣は正面のアプローチに車を停《と》め、ドアマンに車のキーを渡してしまった。そのまま稲垣は一緒にエントランスへと入り、パーティー会場まで案内してくれる。

「わぁ、すっごくきれいなホテルだねー」

あたりを見回して恵がため息をついている。石神も同じ感想を抱いた。

床も壁もまだぴかぴかで、従業員たちもみな若くて姿勢がいい。ざっと見たところ、三分の一ほどの従業員は外国人のようだ。三年ほど前にオープンしたばかりの外資系ホテルと聞いている。フロント前のスペースには品の良いチョコレート色したソファが置かれ、落ち着いた雰囲気の外国人老夫婦が東京のガイドブックを片手に話しこんでいる。

こんな高そうなホテルでパーティーなんて、いったいどれだけ費用がかかったんだと、石神はしだいに青くなってきた。いくら日本児童文学大賞を受賞したからといって、石神の本がベストセラーになるとは限らない。ここで使った金が本の売り上げで回収されなければ、だれの責任になるのだろう。担当の稲垣が解雇《かいこ》とか、営業の誰かが左遷《させん》とか？　まさか石神に責任を取れということにはならないだろうが……。

「ここです」

自慢げに稲垣が指し示した会場は、石神の戦々恐々とした気持ちをなだめることができるていどの、あまり広くない部屋だった。扉の前には『彦神《ひこがみ》トモイ様　受賞記念パーティー』と地味にパネルが立てられている。

良かった……と石神は密かに胸を撫《な》で下《お》ろした。よく考えれば地味なのは当然だ。社内だけのパーティーなのだから。

「先生は、これをつけてください。恵君と脩一さんは、これで」

稲垣は石神の羽織に黄色い造花を安全ピンでつけた。恵と脩一は赤色の造花だ。稲垣は青色の造花を自分でつけている。どうやら青は出版社の人間で、赤はその他の招待客ということらしい。

せいぜい百人の収容力と思われる部屋には、丸いテーブルがいくつか置かれ、白いテーブルクロスがかけられている。椅子は壁際にざっと数えられるていどの数が置かれているだけだ。

食事はビュッフェ形式らしく、ホテルの従業員が部屋の一角にカトラリーの籠《かご》を設置したり、きれいに磨《みが》かれたグラスを運んだりと、忙しそうにしている。

ドアマンは白の詰襟《つめえり》姿、フロントマンはグレーのスーツ姿だったが、パーティー会場の従業員は白いシャツに黒いベスト、黒のボトムで統一されている。こちらも年齢層は若く、やはり三分の一くらいの人数が外国籍のようだった。

「まだ十五分ほどありますから、お手洗いにでも行きますか？」

「あ、僕、行ってくる」

恵がはいっと手を上げて、会場横の廊下をすたすたと歩いていった。トイレの矢印が表示されている曲がり角に恵が消えても、なんとなくその方向を眺《なが》めていた石神は、そっちから歩いてきた従業員に目を止めた。

白いシャツに黒いベスト、黒いボトムの若い男だ。すらりとしてスタイルが良いが、生粋《きっすい》の日本人だろう。髪は黒いままでパーマなのか天然なのかはわからないが、緩《ゆる》くウェーブがかけられている。顔にかからないように全体的に後ろに流してあった。

どこかの芸能人のように華がある容姿だなと見ていた石神は、その従業員と目が合った瞬間、息を飲んだ。知っている男だったのだ。

三年前の悪夢が、一瞬にして脳裏によみがえる。

散々だった、はじめての同性とのセックス。それきりのはずだったのに、職業を知られて、さらに家が裕福だとわかったとたん、態度を豹変《ひょうへん》させて猫なで声でさらなる付き合いを望み、金をせがむようになった。

石神の元カレ――帆苅雅巳《ほかりまさみ》だった。

雅巳は一目で石神がだれだかわかったらしい。きれいな顔に驚きを浮かべたあと、すぐにニッとなにか企《たくら》んでいそうな笑みを浮かべてみせる。

石神は愕然《がくぜん》と立ちつくし、息をするのも忘れた。

まさか、こんなところで働いていたなんて。付き合っていた当時、雅巳はまだ大学生だった。なんとか縁が切れたあと、どこに就職したかなんて知りたくもなかったから、調べることもしなかった。こんなところで再会するくらいなら、知っておいたほうが良かったかもしれない。

どうしよう、どうしよう、どうしよう……！

かろうじて呼吸を取り戻したのは、脩一が背中を叩《たた》いてきたからだ。

「どうした？」

ぎくしゃくと脩一を振り返り、だがなにも言えず、ぎくしゃくと顔を正面に戻す。消えてなくなってくれればいいと思ったのに、雅巳は変わらず従業員の制服姿でそこに立っていた。

「お久しぶりです、石神さん」

男をたらしこんでは小遣《こづか》いをせびっていた学生時代には身につけていなかった、完璧な営業スマイルで頭を下げてきた。

「奇偶ですね。こんなところでお会いするなんて」

雅巳はちらりとパーティー会場の案内パネルを見て、頷いた。

「そういえば、彦神トモイというペンネームでしたね。大きな賞を受賞されたとか。おめでとうございます」

従業員らしい態度をまだ崩さない雅巳に、脩一はなにも気づいていないようだ。できれば気づかないままでいてほしい。雅巳はとっととこの場を去れ。だが制服はパーティー会場で準備をしている従業員たちと同じだ。このフロアの担当なのかと、気が遠くなる。

石神の心の苦悩を知ってか知らずか、雅巳はかたわらの脩一を見つめ、性格が悪そうな笑顔になった。見覚えのある笑みに、石神はぞっとする。

「へぇ……、この男がいまの彼氏？　年は…俺と同じくらいかな。まだ二十代だろ。センセイも、なかなかやるじゃない。俺のときみたいに、お小遣いはずんでやってるの？　一回いかせるごとに一万円だとか、そういう遊びはまだ続いているわけ？」

雅巳の口から飛び出したセリフに、石神は悲鳴を上げそうになった。なにも言い返せずに、ふるふると握った拳《こぶし》を震わせるしかない。

脩一はいまの雅巳の発言で、石神との関係に気づいただろう。どう思っただろうか。腹を立てただろうか。呆《あき》れただろうか。こんな男に引っかかって好きなように弄《もてあそ》ばれ、恵や芳江たちに迷惑をかけた、石神のバカさ加減に愛想を尽《つ》かしただろうか。

「あんた、帆苅っていうのか？」

左胸のネームプレートを見て、脩一が平坦な声で雅巳に話しかけた。

「ここの正規従業員？　それともアルバイト？」

「正社員ですけど」

「だったら無駄口叩いてないで、真面目《まじめ》にお仕事したらどうだよ。社員教育がなってねぇな」

雅巳の顔色が変わった。目が吊《つ》りあがり、射るような視線で脩一を睨《にら》みつける。石神はおろおろと脩一と雅巳を交互に見遣《みや》ることしかできない。

「センセイの今彼だからって偉《えら》そうな態度とってんじゃねぇよ。どうせ金で買われてんだろ。いい金ヅルだからな」

毒を吐く雅巳に、脩一はため息をついてみせた。

「俺は金で買われた覚えはないな。あんたはどうだったか知らないが、俺と友彦《ともひこ》は真剣交際だから」

「はっ、なにソレ。真剣交際？　バカバカしい」

脩一が嬉《うれ》しいことを言ってくれたが、雅巳は鼻で笑った。そこに恵がトイレから戻ってきて、雅巳を見るなり般若《はんにゃ》の面のような形相《ぎょうそう》になった。

「おまえ、こんなところで何やってんだよっ！」

摑《つか》みかかろうとした恵を、脩一が寸前で止めてくれた。

「止めないでよ、脩一さん。このロクデナシはね、とんでもなく僕たちに迷惑をかけてくれたんだっ」

「こらこら、人目があるだろ」

「でも……っ」

鼻息が荒い恵に、脩一が「今日は祝いのための席だろう」と言い聞かせると、なんとか暴力に訴えることは諦《あきら》めたようだ。でも雅巳を睨みつけるのはやめない。

「あんた、こんなところでまともに働いていたんだな」

「大きくなったな、めぐちゃん」

「めぐちゃんって言うなっ！」

相手の嫌がることを平気で口にする雅巳の捻《ひね》くれた性格はまったく変わっていない。

「ああ、まだこんなところにいたんですか」

稲垣がのんびりとした声をかけてきて、緊迫した空気がさっと消えた。稲垣は雅巳と面識があるはずだが、まったく気づいていないようだ。頭の中がパーティーのことでいっぱいなのだろう。

「先生、そろそろ時間なので会場に入ってください」

罪のない笑顔で石神を促《うなが》す稲垣に便乗して、断ち切るように雅巳に背を向ける。

「失礼します」

すると雅巳はぺこりと礼をして、廊下をすたすたと歩き去っていった。まるでゲリラ豪雨のような男。短時間で致命的な被害をもたらす天才かもしれない。

石神は脩一の様子が気になって仕方がなかったが、稲垣に連れられるまま会場に入ってしまった。出版社の社長に挨拶《あいさつ》をしたり、本の装丁《そうてい》を担当してくれたデザイナーに引き会わされたりとしているうちに、部屋の隅と隅ほどに距離ができてしまう。

遠目で、脩一の横には恵がついていてくれているのが見えた。息子がうまくフォローしておいてくれればいいのだが……。

とにかくパーティーが終わってから、脩一には雅巳の非礼を詫《わ》びようと思った。


気に入らない。なにがって？　石神の元彼だ。

最低の男だと聞いてはいたが、なるほど、最低のクソ野郎だった。

思わず殴《なぐ》りかかりそうになった脩一を止めたのは、恵の激高だ。先にキレられて、脩一はとっさに制止する役目になっていた。

パーティーがはじまってしまったので石神とは会場で離れ離れになったが、恵が過去のいきさつをざっと話してくれた。

出版関係者の拍手の中、スポットライトに照らされた石神が恐縮しながら壇上《だんじょう》に立っている光景を眺めながら、恵が吐き捨てるように雅巳の名前を口にする。

「父さんは田舎《いなか》から出てきたばかりの純朴《じゅんぼく》なチェリーと似たようなものだったんだと思うよ。ソッチの世界を経験してみたくて二丁目に行って、つい羽振りのいいことを言ったかしちゃったものだから、雅巳みたいなハイエナに目をつけられた。あいつ、顔だけは良いからさ、にっこり笑って優しく声をかけたら、たいてい誰でも釣れるらしいよ。父さんも釣られちゃったわけ」

三年前といえば、恵はまだ小学六年生だ。ずいぶんサバけた小六がいたものだ。

「出会ったその日のうちにホテルに連れ込まれてやられちゃった父さんは、これっきりのつもりで逃げ帰った。ところが雅巳の野郎は父さんの持ち物から住所が特定できるようなものを抜き取っていたから、大変さ。しっかり追いかけてきた」

当時、すでに離婚が成立して恵は一緒に住んでいなかったが、芳江とは頻繁《ひんぱん》に連絡を取り合っていたという。雅巳が押しかけて来た時、芳江は泡《あわ》を喰って恵に電話をかけてきた。

「そもそも、どうしてそういう場所に出かけるのに、セカンドバックの中にお金だけじゃなくて出版社からの振り込み明細を入れておくわけ？　父さん、馬鹿じゃないの？」

同感だ。

「雅巳はしつこかったよ。僕がどんなに罵詈雑言《ばりぞうごん》を浴びせても、澄ました顔で座敷に住みついていた。夜は父さんの部屋に行って、無理やりだか合意だかは知らないけど、やることやっていたみたい。ときどき、父さんは寝込んでいた。どんなふうに父さんを扱っていたのか――さすがに聞けなかったな」

「聞かないほうが良いだろう。聞いたら雅巳は喋《しゃべ》ったかもしれないが、友彦が嫌がる」

「だよねー」

恵は苦笑いをしながら、ため息をついた。

「最初はさ、僕と芳江さんも、父さんが良ければあまり口出ししても…っていう雰囲気だったんだ。雅巳の性格と態度は気に食わなかったけど。でも、雅巳の言いなりに、父さんが現金を渡しているってわかって、別れさせようと決めたんだ」

　恵と芳江が「別れた方がいい」と真剣に話したら、石神は「自分もそう思う」と疲れた顔で頷いたという。雅巳はなかなか石神家から出ていかなかったが、実家を調べ上げ、素行の悪さを連絡するぞと脅《おど》したら荷物をまとめた。

　あんな最低の男でも、石神にとってははじめての男の恋人だった。別れたあとは、あきらかにがっくりしていたらしい。

「もう縁が切れて二度と会うことはないと思っていたのに、まさか、こんなところで再会するなんて……」

「世間は狭《せま》いな」

「狭すぎるよー」

　あの男よりも先に自分が石神と出会っていたら良かった。石神は心に余計な傷を作らなくて済み、必要以上に卑屈《ひくつ》になることもなかっただろう。だが、その卑屈なところもまた石神の人格を形成しているひとつだろうから、難しい。

　体中の感じるところを嬲《なぶ》り倒して、石神を泣かせ、「こんなに感じてごめんなさい」と言わせ、終わったら「良くしてくれて、ありがとう」と感謝されるのも、脩一の楽しみになっている部分がある。

檀上では社長や編集長、営業部長などが順番に挨拶なのか祝辞なのか、よくわからない長い話を続けている。石神はその隣におとなしく立ち、真面目な顔で頷いていた。

雅巳に再会したとき、石神は卒倒しそうなほど顔色を失っていた。封印していた悪い思い出がよみがえっただけでなく、あきらかに雅巳に対して怯《おび》えていたし、脩一を気遣《きづか》っていた。

きっと今頃は、脩一にどう話そうか、頭の中でぐるぐるしていることだろう。

動揺《どうよう》した石神に対しては、いつものように抱いてやればいいと思っている。多少、ぐずぐずとまた卑屈なことを口にするだろうが、念入りに体をかわいがってやれば気分は浮上するにちがいない。

問題は雅巳の方だ。このまま「さようなら」とはいかないような気がする。さっき見た意地が悪そうな目つきは、獲物を発見して喜ぶネコ科の獣のようだった。

さて、どうするか——。

会場内を、シャンパングラスを乗せたトレイを手に優雅な足取りで歩いている雅巳を見つけた。脩一が気づいたと同時くらいに、檀上の石神も雅巳を見つけたようだ。慌てて視線をそらし、まったく違う方向を見ようと努力している。

かわいそうに。高級和服の下では、冷や汗が滝のように流れているにちがいない。

雅巳は他の従業員にわからないように、石神にひらりと手を振ってみせた。石神の顔色が変わり、落ち着きがなくなった。稲垣になにやら囁《ささや》かれ、檀上から降りることだけは我慢していたが、もはや顔色は紙のように白くなっている。

またスランプに陥《おちい》らなければいいが……。

脩一はこっそりとため息をついた。


パーティーが終わったら脩一に話を——と考えていた石神だが、そのパーティーは試練の時間となった。雅巳が澄ました顔で会場内をすいすいと泳ぐように歩き、シャンパンを配ったり空《から》のグラスを回収したりと立ち働いている。とりあえず真面目に仕事をしているようだが、雅巳の姿が視界に入るたび、石神はぎくっと緊張しなければならなかった。

「先生、具合でも悪いんですか？　それとも、慣れないシャンパンで酔いました？」

普段は日本酒を好むことを知っている稲垣が、石神の顔色の悪さに気づいて壁際の椅子へ連れて行ってくれた。

「あと三十分もしたら終わります。申し訳ないですけど、先生は主役なので、もうすこし我慢してこの場にいてください」

「わかった……」

石神のためのパーティーなのだから勝手に帰ってはいけないことくらいわかる。冷たいウーロン茶のグラスを片手に持たされ、石神は椅子に座った。しばらくぼうっとしていると、恵と修一がやってきた。この二人組は目立つ。

ベージュの明るいスーツを着たまだ少年体型の恵と、手足が長くてお洒落なネイビーストライプのスーツが良く似合う修一。修一はパンツのポケットに手を突っ込み、行儀悪く歩いているが、それが様になっていて見惚《みと》れるほど格好良かった。

「父さん、具合が悪いんだって？」

息子にとても心配そうな顔で見つめられ、石神は「たいしたことはない」と首を横に振った。

「あいつに会っちゃったから、気分が悪くなったんじゃないの」

はっきり言ってそうなのだが、修一の前で肯定するのははばかられた。ひどい経験ではあったが、曲がりなりにも一時期は恋人関係にあった男のことだ。あまり悪く言うのは人としてどうかと思う。

恵は石神の横の椅子に座ったが、修一は壁を背にして立った。

「父さん、修一さんのことカッコいいって思ってるでしょ」

ここで図星を指す意味がわからない。そんなこと言わなくてもいいではないか。

石神が黙って俯《うつむ》き、赤面していると、恵は「やっぱりもっと食べたいなー」と呟《つぶや》いた。意地悪な発言で父親を困らせたことなんて、恵にとってはたいしたことではないのだ。

「まだローストビーフが残っていたぞ。もらってくればいい」

修一がそう言うと、恵は元気よく立ちあがり、ビュッフェコーナーへ走っていった。恵が座っていた椅子に、脩一がどさりと体を落とす。足を投げ出すようにして組むと、ちらりと石神を見た。

「気分は？　大丈夫か？」

「だ、大丈夫だ…」

赤くなった顔がまだもどらない石神に、脩一がふっと笑った。

「さっきのバカっぽい男が、元彼だって？」

うっ、と喉《のど》の奥で唸《うな》り、石神はぎこちなく頷いた。

「あんた、面食いだったんだな。俺ていどで満足しているのか？」

「えっ」

「あいつ、けっこうな美形じゃないか」

そう取られるとは思ってもいなかった石神は、びっくりしてウーロン茶のグラスを落としそうになった。

満足なんて、しているに決まっている。脩一以上に格好良い男はいない。

「あ、あの、私は、私には……君だけだから……」

脩一よりも愛せる男は、おそらくもういない。いつか別れることになっても、石神は脩一をずっと愛しつづける自信があった。

そもそも雅巳と脩一を比べるなんて、馬鹿げている。雅巳は石神の好みからは外《はず》れているのだ。三年前当時は、自分の好みというものがよくわかっておらず、小奇麗にしていて慣れていそうな雅巳なら、初心者の自分をリードしてくれるかと短絡的《たんらくてき》についていったのだ。寝てみたらあまり良くなくて、さらに性格の悪さに辟易《へきえき》し、結局、雅巳を好きになることはできなかった。

だから、石神の心情的には、脩一がはじめての男なのだ。できれば最後の男でもあってほしい。そういったことを脩一にうまく伝えることができればいいのだが、小説家でありながら、石神は上手に気持ちを言葉にすることができない。声に出すことにためらいがある。もともと人付き合いは苦手だ。

どう言ったら脩一を不愉快にさせないだろうかと悩んでいるうちに、どんどん時間が過ぎていき、さらに焦《あせ》って流暢《りゅうちょう》に喋ることができなくなるという悪循環。

「あの、私は………」

しどもどろの石神に、けれど脩一は怒りはしない。ちょっと意地悪で恥ずかしいことは言うけれど。

「なんだよ、俺のことが好き過ぎて、なんて言っていいかわからないんだろう」

「あ………う………」

「図星か？　いい歳したオヤジが、赤くなるなよ」

今度はオヤジと言われて悲しくなる。俯いた石神の顎《あご》に指をひっかけ、脩一はぐいっと上を向けさせてきた。

「今日の主役が下ばっかり向いてんじゃねぇよ。胸張って前を見ていろ。せっかくの上等な着物が泣くぜ」

脩一は間違ったことは言っていないが、顎に触《ふ》れている指がついでのようにそこを撫でるものだから、石神は周囲の視線が気になってしかたがない。

「や、やめてくれ。人が見ている……」

「いまさらだろ。俺があんたの恋人だってことは、今夜で知れたんじゃないのか」

「えっ……」

真剣に驚いた石神に、脩一も驚いている。

「いま、この場に、部外者の俺がいるってことは、そういうことなんだろ。恵が言っていたぞ」

「……そう言われれば……そうかも……」

石神がゲイであることは、編集部に知られている。カミングアウトしたつもりはないのだが、離婚のときと雅巳とのすったもんだのときになんとなく伝わってしまった。作家として性癖は関係ないので、だれも問題にしていないから、こういった場に脩一を連れてくることがどういうことか、全然深く考えていなかった。

「あの、でも、そうかもしれないけど、わざわざ人目があるところでいちゃいちゃするのは、どうかと思う……」

「へぇー、あんたにとって、このていどでもいちゃいちゃに入るんだ。もっとくっついたらどうなる？」

「やめ、やめろっ」

ひぃぃと情けない悲鳴を上げて逃げようとしたら、椅子ごと横にひっくり返りそうになり、さらに慌てた。脩一はそんな石神を眺めて、ニヤニヤと楽しそうに笑っている。

「さーて、そろそろ帰ってもいいかな」

脩一の言葉に時計を見れば、パーティー開始から一時間以上が過ぎている。

「さっき稲垣君が、私には最後までいて欲しいみたいなことを言っていたんだが……」

「そんなの建前だろ」

「でも……」

「本当は、今夜ここに泊まってもいいかと思っていたんだ。たまにはホテルであんたとしっぽりってのもいいかと」

「し、し、し、しっぽり……っ？」

なんて淫靡《いんび》な響きのある言葉だろう。石神はたったそれだけでドキドキが止まらない。

「だが、あんたの元彼が勤務しているホテルってのは、居心地が悪そうだ。とっとと帰ろう」

脩一が二人でホテルに泊まることを考えていてくれただけでも、石神は嬉しい。それなのに、

「すぐにでも、あんたをかわいがってやりたくなった……。帰ろうぜ」

と耳元で痺《しび》れるような低音を響かされ、腰砕けになりそうになった。

頭の中で、帰ろうぜ、帰ろうぜとエコーが。

「稲垣さんに声をかけてくるから、あんたはここでじっとしていろよ」

「……うん……」

脩一の颯爽とした後ろ姿を見送り、つい熱っぽいため息をついてしまう。

今夜、脩一は石神の家に泊まっていってくれるのだろうか。どんなふうにかわいがってくれるというのだろう。また石神が泣いて降参するまで、あちこちを弄《いじ》りたおされて泣かされ、何度もいかされるのだろうか。

そんなくだらないことを考えていると、勝手に体が熱くなってしまいそうになる。

「バカじゃないのか。こんなところでベタベタしてんじゃねぇよ」

手元に影が落ちたなと思ったら、頭上から刺々しい声が降ってきた。さっと熱が冷えていく。

見たくないけれど見なければならない。のろのろと視線を上げると、やはり目の前に雅巳が立っていた。他の客に背を向けているせいか、完全に仕事中の表情ではなくなっている。氷のように冷たい目で石神を見下ろしていた。

「いい歳したオッサンが、頬染《ほお》めたりして気色悪いな。恥ずかしいヤツ」

からかいではなく、悪意をこめた本気の罵倒《ばとう》に、石神は青くなった。だが雅巳の言葉に間違いはないと思うので、なにも言い返せない。間違いがあったとしても、石神はきっと言い返せないだろうが。

「あんたさ、あの男とどこで知り合ったんだよ。俺と会ったバー？」

「ち、ちがう……。その、たまたま……」

昔からの付き合いがある庭師の甥《おい》だと正直に教えてはいけないと思い、曖昧《あいまい》な言い方をする。

「たまたまってなんだよ。その辺に転がってるのを拾ったのか」

「拾ったなんて……どちらかというと、拾われたのは私の方で……」

「なんだよ、それ。訳わかんねぇな」

自分でもなにを言っているのかよくわからなくて首を捻る。

「あんた……俺といたときと、顔つきがぜんぜん違うのな。ムカつく」

「……すまない……」

「ここでどうして謝るんだよ。だから、あんたはバカなんだ。どうせあの男もバカなんだろうけど」

「か、彼を、悪く言わないでくれ」

決死の覚悟で脩一を庇《かば》うと、雅巳は唇《くちびる》の端を吊《つ》りあげて笑った。

「へぇ、あいつが大事なんだ。そんなにあの男の体はいいのかよ。すげぇセックスするのか？」

「……そんなことは……その……言えない」

すごいセックスをされている身としては否定できず言葉を濁《にご》すと、雅巳の笑みはますます濃くなっていった。微妙な間と、なにか企んでいそうな笑顔に、石神は嫌な予感がしてたまらない。もしかして――。

「俺、あいつに興味がわいちゃった」

やっぱり。雅巳はそういう男だ。

「……やめてくれ。彼にだけは、手を出さないで欲しい」

「どうして？　結婚しているわけでもないんだから、恋愛は自由だろ。それともなに、あいつと養子縁組でもして、貞操《ていそう》を誓わせているわけ？　浮気したら遺産は渡さないとか」

「なにを訳のわからない……」

養子縁組なんて話すら出ていない。浮気については、できるならしないで欲しいという希望は伝えてあるが、もし脩一が他の男と関係を持ったとしても、石神はなにも言えないだろう。

遺産相続を条件に貞操を誓わせて養子縁組――。そんなことで脩一の身も心も自分のものになるならやりたい。だが脩一はお金なんて望んでいないし、石神は彼の自由を奪いたくない。

縛り付けるのではなく、みずからの意思で側《そば》にいて欲しいと思うのだ。

理想を持ちすぎだろうか。

「まあ、あんたの許可なんていらないけどね。年上が好きなのかもしれないけど、俺の若さで落としてみせるさ」

雅巳は自信満々に言いきった。脩一はもともと若い男が好みだ。なにを間違ったか石神の恋人になってくれたが、雅巳のようにきれいな男に言い寄られたら靡《なび》いてしまうかもしれない。

脩一に好かれているとわかっていても、石神は雅巳に勝てる気はしない。

雅巳は若く、美しい。さらに、大学生だった三年前と違い、外資系のシティホテルの従業員として働くいまの雅巳は、立ち居振る舞いが洗練されて見える。性格が多少悪かろうが手がかりそうだろうが、補《おぎな》って余りあるほどの魅力があった。

いまここで石神がどんなに止めてくれと懇願《こんがん》しても、雅巳は脩一に手を出そうとするだろう。言いだしたらきかないのだ。

「あっ、なにしてんだよっ」

ビュッフェコーナーから戻ってきた恵が、雅巳を見つけて駆け寄ってきた。手に持った皿には、ローストビーフが山盛りになっている。四十歳を過ぎてしだいに食べる量が減ってきている石神にしたら、信じられない肉の量だ。見ているだけで胸やけしそうになる。

「父さんにちょっかい出すなよ。さっさと仕事しろっ」

「おやおや、身長は少し伸びたが中身はガキのままかよ、このめぐちゃんは。目上に対して口のきき方がなっちゃいないな。親の教育が悪かったのかなぁ」

軽い嫌みだとわかっていても石神は傷ついた。離婚してからずっと恵には申し訳ない思いを抱えているのだ。

「親は関係ない。あんた、ホントに嫌なヤツだな!」

恵が目を吊りあげると、雅巳はきれいに微笑《ほほえ》みながら離れていった。背筋がぴんと伸びた後ろ姿に、恵がベーっと舌を出している。ガキと言われても仕方がない報復だ。

「父さん、なにを言われたの」

隣の椅子に座りながら恵が聞いてきたが、恋人を取られそうだなんて息子に言えるわけがない。適当にごまかすこともできなくて黙っていると、恵はローストビーフを咀嚼《そしゃく》しながらため息をついた。

「しっかりしろよ。元彼との再会ごときでヘコんでたら、脩一さんが気の毒だろ。真面目に父さんと付き合ってくれているってのに」

怒りながらも食べ続け、「んー、これ美味《うま》い」と感想を述《の》べ、恵はまた口に肉を運ぶ。食べることと父親に文句を言うことで忙しい恵は気付かなかったらしい。

だが石神は見てしまった。

会場の隅で雅巳が脩一を呼び止め、言葉を交わし、なにかの紙片《しへん》を手渡ししているのを。

紙片は、十中八九、連絡先だろう。脩一は意外にもすんなりと受け取り、スーツのポケットに入れている。

石神は絶望的な気分に陥《おちい》りながら、脩一がゆっくりとこちらに歩いてくるのを見つめていた。

目が合うと、脩一はいつもの笑顔で手を振ってくる。

「稲垣さんに言ってきた。帰ろうぜ。こんな堅苦しい格好はひさしぶりだから、なんだか疲れた。恵はどうする？」

「オレはマンションに帰る。明日はデートだから、このカッコじゃ駄目だろ」

「そうか」

頷いている脩一のスーツのポケットが気になって仕方がない。もし石神がスリのプロなら、何食わぬ顔でさっと連絡先が書かれた紙片を抜き取るのに。

「ほら、行こう」

手招《てまね》きされて、石神は重い腰を上げた。

「やっぱ顔色が悪いな。慣れない場所で疲れたか」

「……ちょっと」

「家に帰って熱い風呂にでも入れば気分が良くなるさ」

脩一は堂々と石神の肩を抱いて歩く。周囲の視線が気になったが、こんなことができるのはあとわずかな時間かもしれないと思うと、世間体も羞恥《しゅうち》もどうでもよくなった。

「あの、脩一君」

「なんだ」

「今夜は、泊まっていってくれるだろうか……」

小声ながら、はっきりとした誘いに、脩一は驚いたように目を見開いた。

「まぁ、最初からそのつもりだったが」

「……ありがとう……」

心から感謝の言葉を贈る。脩一は怪訝《けげん》そうな顔をしたが、エレベーターホールに差し掛かって意識がそちらに向かった。石神は、限りある二人きりの時間を、悔《く》いが残らないように楽しもうと静かに誓ったのだった。


携帯電話の呼び出し音で、脩一《しゅういち》は目が覚めた。

勢いよく起き上がろうとして、自分の部屋ではないことを思い出す。かたわらに石神《いしがみ》の顔があった。

昨夜のセックスの名残だろう、まぶたから目尻にかけて、赤く腫《は》れぼったくなっている。さんざん鳴かせていかせたから、たぶん今日は満足に腰が立たないに違いない。そんな目に遭わせるのははじめてではないが、脩一は石神に苦情を言われたことはなかった。

部屋の時計を見ると、午前十時を過ぎている。早くも遅くもない時間だ。携帯をポケットに入れたままにしてあるスーツの上着を目で探し、脩一は下着一枚の格好でできるだけそっと布《ふ》団《とん》から這《は》い出《で》た。

遮光《しゃこう》カーテンの隙間《すきま》から細く春の日が差し込んでいる中、脱ぎすてたまま畳《たたみ》の上で皺《しわ》だらけになっているスーツから携帯を出す。思った通り、電話をかけてきたのは小城《おぎ》だった。

「もしもし」

『おはよう。まだ寝てたか？』

「いや、大丈夫だ」

春とはいえまだ三月だ。暖房が消えている室内は寒い。寝巻き用の浴衣《ゆかた》は使われないままで枕元に畳《たた》まれていたので、携帯を肩で挟《はさ》みながら器用に着た。エアコンのリモコンを探し、スイッチを入れる。

『例の会社だが、一度会ってみたいということになった』

「そうか。ありがたい」

小城がピックアップしてくれた再就職先の会社の中から、脩一は興味を持ったところを伝えてあった。

『紹介した手前、俺も行くことになっているから、日時をメールで送る』

「えっ、保護者同伴かよ」

『しかたがないだろう。大丈夫、ハダカの付き合いがあった友達ですなんて言わないから』

「言ってみろ。その場でおまえの首を絞《し》めてやる。紹介したいのか破滅に導きたいのか、いったいどっちなんだよ」

『あははは』

小城は快活に笑っている。脩一もべつに真剣に受け止めているわけではない。このくらいの軽口はいつものことだ。

『指定された日時がどうしても駄目だったら、連絡をくれ』

「俺はいつでもいい。融通《ゆうずう》がきく仕事だから」

再就職の面接だと言えば、叔父《おじ》は喜んで仕事を休ませてくれるだろう。

『わかった。じゃあ、メールを送っておくから』

通話はあっさりと切れて、浴衣の帯を結んだり、丹前《たんぜん》を羽織ったりしているうちにメールが届いた。面接は平日の昼間だ。小城には私用で会社を抜け出させるわけだから、相応の礼はしなければならないだろう。就職が決まらなくても、相談料と手間賃として食事でも奢《おご》ろうか。

セックス以外の要求なら、時間はあるのでたいていは聞くことができる。

とりあえずスーツをハンガーにかけておこうとした脩一は、昨夜のパーティー会場で雅巳《まさみ》にもらったメモ用紙を思い出した。携帯を入れていたポケットとは反対側のところに、名刺サイズの紙が入っている。

パソコンでの自作だろう、ナンパした相手、あるいはナンパされたときの相手に渡すためのものらしく、フルネームではなく「雅巳」とだけ書かれ、携帯の番号とメールアドレスだけが明記されている。その他のパーソナルデータは一切なかった。

その紙をひらひらと揺《ゆ》らしながら、脩一はしばし考える。

昨夜の様子だと、雅巳は石神に未練がありそうだった。まだ若く、おそらく脩一より二つか三つは年下だろう。恵の話では、この家に居ついていた三年前当時、まだ大学生だったという。そのころの石神は三十代後半か。脩一もそうだが、自分に自信があるちょっとSっ気《け》が入ったゲイにとって、石神はまたとない獲物となりえる。ちょっと自虐《じぎゃく》傾向があり、そこそこの容姿をしているのに自信がなく、けれど社会的地位はあり資産家でもある。抱けば官能的によがってみせ、つい何杯もおかわりさせられてしまうくらいエロい。

恵《めぐむ》は石神が一方的に弄《もてあそ》ばれたと憤慨《ふんがい》していたが、実際はどうだったのだろう。雅巳はかなり本気だったのではないか。完全に遊びだったなら、迷惑がられているとわかっていて家に入りこんだり、三年もたっているのに絡《から》んだりするだろうか。

雅巳はいい男だった。あれだけの美形なら、十代のころはそうとうにモテただろう。美少年と持《も》て囃《はや》され、言い寄ってくる男たちを手玉に取っていたにちがいない。

そこに石神が現れた。いつものように引っかけて、適当にセックスして小遣《こづか》いをせびろうとしただろう。だが思うように夢中になってくれない。石神の好みのタイプが脩一ならば、雅巳は外《はず》れている。

籠絡《ろうらく》するつもりが、自分の方が本気になってしまい、かといっていまさら素直になれず、悪態をついたり困らせたり——といった悪循環にハマっていく美青年の姿が目に見えるようだ。

こんなふうに自分の連絡先を脩一に手渡したのも、石神への未練の裏返しのように思う。本当に脩一を誘う気ならば、なにも人目につく会場で渡さなくとも、「お客様、ちょっと」とかなんとか言って廊下に連れ出して二人きりになってからすればいい。

十一ケタの番号と英字の羅列を眺《なが》め、脩一はとりあえず携帯に登録することにした。おそらく雅巳は近いうちに石神にコンタクトを取ってくるだろう。そのときは自分が出ていって解決しようと、脩一は決める。

携帯に登録しているその様子を、まだ眠っているとばかり思っていた石神が見ていたことに、まったく気づいていなかった。

受賞パーティー以降、石神《いしがみ》は開店休業状態になった。つまり、またスランプに陥《おちい》ったのだ。新作を書きはじめなければならないのに、なにも思い浮かばないのだから重症だ。

頭の中をぐるぐると回っているのは脩一《しゅういち》と雅巳《まさみ》のツーショット。パーティー会場で連絡先の紙片《しへん》を渡していたときの光景だ。若くてすらりとスタイルの良い二人が接近すると、とてもお似合いだった。自分のようなおじさんとは、全然違う。

その夜は情熱的に抱いてくれた脩一だが、翌朝、雅巳の連絡先を携帯に打ちこんでいたのを、偶然見てしまった。もうこれは本当に絶望的かもしれないと思うと、子どもたちのための物語なんてまったく作れない。

いま、自分の中にあるのは、児童文学にふさわしい友情、家族愛、冒険心、未来への希望といったものではない。脩一への情愛、雅巳への醜《みにく》い嫉妬《しっと》だけだ。

石神は椅子を移動させて、窓際に座った。二階の書斎からは、きれいに手入れされた日本庭園が一望できる。ぎっくり腰が回復した脩一の叔父《おじ》は、荒れていた庭木を見事に整《ととの》えてくれた。脩一もがんばって雑草を抜いてくれたので、石神邸の庭は美しく蘇っていた。

春の日を浴びて、庭木はすっくと立っている。落ち着いた雰囲気の庭を見下ろしながら、石神は心を癒《いや》すどころか、かつて黙々と草取りをしていた脩一をここからじっと見つめ続けていた日々を思い出してしまう。

あのころは、脩一への憧《あこが》れだけがあった。初対面が最悪だったから、絶対に仲良くはなれないと諦《あきら》めていた。なんて素敵な人だろうと胸躍《おど》らせていたが、それをひたすらに隠して、ただただ静かに見つめていた。辛《つら》かったけれど、また幸せでもあった。

見つめているだけなら、いまのように醜い嫉妬に胃が痛くなることも、別離の不安に涙してしまいそうになることもないのだ。想うだけの日々の方が、穏やかな時間を過ごせていた。

けれど、脩一との熱い夜もなかったことにするのかと問われたら、それは無理だと答えてしまうだろう。脩一とのセックスは、石神にとってカルチャーショックだった。記憶にある雅巳とのセックスよりもずっとずっと良かったからだ。

気持ちが体に及ぼす影響のすさまじさを、石神は身をもって知った。好きな人に抱かれると、快感は百倍にも千倍にもなる。キスだけでいったことがある。ドライでいくことも、脩一に教えられた。

あんたはエロい、と脩一にたびたび言われるが、相手が脩一だからこそ過敏になってしまうのだ。雅巳とのセックスであそこまで乱れたことなどなかった。今後、もし脩一以外の男に抱かれたとしても、きっと脩一ほどには感じられないだろう。

そういう妙な自信はある石神だ。

あのパーティーの翌日に別れてから、脩一には会っていない。このあいだの週末は、外《はず》せない用事があるという連絡が入り、来なかった。脩一のいない週末はとんでもなく寂《さび》しくて虚《むな》しくて、もしかしていまごろ雅巳と会っているのかと疑心暗鬼になった。一人でずっと気を揉《も》んでいたので、妙に疲れた。

外せない用事とはいったいなんだったのか——脩一に直接聞く勇気はない。

ぼんやりと、そんなことばかり考えていると、デスク上の電話が鳴った。

一階で芳江《よしえ》が取ってくれるかなと放っておいたが、なかなか呼び出し音は途切れない。そういえば芳江は買い物に行ったのだと思い出し、石神はのろのろと受話器を上げた。

『先生ですか、稲垣《いながき》です』

「ああ、君か……」

担当の編集者は、石神がまたスランプに陥っていることに気づいているようだ。あたりまえか、プロットがまったく出来上がらないのだから。

『その後は、どうですか？』

「…………なんとも…………」

『そうですか……』

二人はほぼ同時にため息をついていた。しばしの沈黙ののち、稲垣が意外なことを口にした。

『先生、ちょっと気分を変えて、大人を対象にした恋愛小説を書いてみませんか？』

「えっ、恋愛小説？」

気分転換に外出に誘うかと予想していたが、見事に外れた。

「恋愛小説って……いったいどうしてそんなことを？」

『実は――』

稲垣が説明するには、同社の一般文芸を扱っている編集部に稲垣の同期社員がいるらしく、相談されているという。せっかく押さえた女性向けファッション雑誌の小説連載の書き手がいないらしい。

『あてにしていた女性作家さんが妊娠して、仕事をしばらく控えたいと伝えてきたそうなんです。それで書けそうな作家さんはいないかと相談されまして……』

「それをどうして私に？　いままで児童文学しか書いたことがないのに」

『先生なら恋愛小説も書けますよ。恋愛体質だから』

なんて短絡的《たんらくてき》な。恋愛に没頭しない人の方が、客観的に、冷静に書けると思うのだが。

『連載は月刊誌に一年です。十二回ですね。どうですか、やってみますか？　一気に書き上げたものを十二回に分けて掲載してもいいですし、一回ずつ締め切《しき》りまでに上げてもらってもいいですよ』

稲垣はすっかりやる気でいる。石神がまだ返事をしていないのに。

即座に断らなかったことから、引き受けると判断したのだろうか――。確かに、やってみようかなという気になっていた。

稲垣の言うとおり気分転換といったら雑誌に失礼だが、いまの石神は児童文学を書ける精神状態ではない。だったらいっそのこと恋愛をテーマに物語を書いてみるのもいいかもしれない。

月刊誌なら締め切りは月に一回だけだ。女性向けファッション雑誌をみずから購入したことはないが、元妻が読んでいるのをチラ見したことはあるので、内容はだいたい想像がつく。流行《はや》りのブランドの新作ファッションを紹介したり、巷の人気スイーツをリポートしたりして、巻末にはきっと星占いがあるのだ。

「あの、その雑誌の読者対象の年齢って……」

『三十代の働く女性だそうです』

「一回分の原稿の量はどれくらいなんだろうか」

『やる気になりましたか？』

「……ちょっと、考えてみてもいいかな……」

『いいですよ。一回目の締め切りまでには、まだずいぶん余裕がありますから。じゃあ、詳《くわ》しいことは、あとでPCの方にメールを送ります。二、三日考えていただいて、書けそうならプロットを立ててもらえますか？』

「わかった」

石神は考えてみると言いながらも、電話を切ったころにはすっかり書く気になっていた。


紀久子《きくこ》は三十代半《なか》ば。丸の内のOLだ。大学卒業後十年以上働き、そこそこのキャリアとそこそこの貯金を持っている。恋人は学生時代から続いていた男と五年前に別れて以来、一人もいない。

一人暮らしは寂《さび》しくない。一DKのアパートでは、一緒に暮らしているドロップが待ってくれているからだ。ドロップは垂《た》れた大きな耳が愛らしい、ホーランドロップという種類のウサギで、元気な男の子だ。黒い毛がつやつやと美しく、紀久子が帰るとケージを蹴《け》って出してくれと騒ぐ。膝《ひざ》に抱っこしてブラッシングしてあげるのか、紀久子の帰宅後の楽しみだった。

いまさら結婚なんて面倒だから、このままバリバリ働いて、四十歳頃にマンションでも買おうかと思っている。ゆくゆくはウサギのブリーダーでもしようか。

そんな紀久子に、思いがけない出会いがあった。

アパートの隣の部屋に、十歳も年下の青年が引っ越してきたのだ。偶然にも、職場も隣同士のビルだということが判明。朝の出勤時間がよく重なった。

翔太《しょうた》という青年は、すらりと背が高く、笑顔が爽《さわ》やか。女の子にモテそうな男だ。その証拠に、紀久子への態度もすごく自然で、あしらいがさりげなく上手《うま》い。すべてが憎たらしいほどスマートだ。

翔太は、女の子はみんな自分を好きになるとでも思っているのだろうか。

傲慢《ごうまん》だ。紀久子は好感を持つことができず、話しかけられても無愛想にしか返事をしない。

それでも翔太は変わらずに、会えば話しかけてきた。懲《こ》りない男だ。

もしかして、私のことが好きなのかしら？　まさか。十歳も年上の女なんて、まだ若い二十代の男にとって、恋愛対象になんてならないわ。

そんなふうに考えはじめている時点で、すでに翔太に好意を抱いていると、紀久子は気づいていない。

そしてある夜、二人の関係が大きく動いた。

偶然にもそれぞれの会社の忘年会が同じ金曜日の夜にあり、酔っぱらって帰宅した紀久子は、同じように酔っぱらって帰ってきた翔太と、アパートの廊下で会ってしまう。

おたがいに酔っていた。正気ではなかった。けれど記憶がなくなるほどには泥酔《でいすい》していなかった。充分、判断力はあったはずなのに――勢いで肉体関係を持ってしまう。

翔太の部屋の、翔太のベッドで抱かれた。翔太の若い体は、紀久子の成熟《せいじゅく》した体を翻弄《ほんろう》した。五年ぶりのセックス。しかも十歳も年下の男。紀久子は我を忘れた。

翌朝は、最悪の気分で目覚めた紀久子とは対照的に、翔太は満面の笑顔だった。

「またこんなふうに二人きりの時間を持ってもらえますか?」

一夜のあやまちではなかったのか? 紀久子は思わず「どうして?」と聞いてしまった。

「とても良かったから。こんなに夢中になったのは、はじめてです。また俺の部屋に来てください」

嫌とは言えない。だって紀久子もすごく良かった。夢中になった。

けれど――翔太自身に、体だけじゃなく心までも夢中になっていることに、いまさら気づいてしまった。

安易に寝てから気づくなんて、自分はなんてバカなんだろう。

いまさら好きだなんて、言えない。言っても信じてもらえない。

「いいわよ。私の気が向いたときに、相手になってあげる」

そんなふうに遊び慣れた年上の女ぶって言うことしか、紀久子にはできなかった。

一休みしようと階段を下りていくと、芳江《よしえ》が割烹着《かっぽうぎ》を脱いでいた。

「あら、旦那《だんな》様、休憩ですか？　お茶を淹《い》れますね」

「どこかへ行くところだった？」

「ちょっと買い物に」

芳江は電気ポットの湯で手早くほうじ茶を淹れてくれた。

「どこで飲みますか」

「じゃあ、座敷に…」

お茶請《う》けに小包装のあられをつけて、芳江は座敷まで運んでくれる。

「駅前の商店街まで行ってきます。一時間ほどで帰りますから」

最近お気に入りらしいパンダの絵がプリントされたエコバッグを持って、芳江は出かけていった。

穏やかな春の日が降《ふ》り注《そそ》ぐ庭園を見渡しながら、石神《いしがみ》はゆっくりと香《こう》ばしいほうじ茶を楽しんだ。しばらくして玄関から物音がし、芳江にしては帰りが早いなといぶかしんだときだった。

「よう、こんにちはー」

雅巳《まさみ》が笑顔で廊下に立っていた。明るい色の春コートとジーンズというラフな格好で、座敷の襖《ふすま》に凭《もた》れる様子は、三年前と変わらない。悪夢がよみがえったとしか思えず、石神はサーッと血の気を引かせた。

「き、君……なに、勝手に入って……」

詰《なじ》りたいのに、うまく言葉が出てこない。湯のみを持つ手がふるふると震え、中身がこぼれて指を濡らした。石神の動揺《どうよう》など気にするそぶりもなく、雅巳はひさしぶりに訪《おとず》れた親戚の家を見るように、懐《なつ》かしそうな目で笑っている。

「あいかわらず、ここはのんびりしてるなぁ。時間が止まってんじゃないの」

芳江に助けを求めようとしたが、ついさっき買い物に出かけたことを思い出す。芳江は石神よりもずっとしっかりした働く女性だ。ぎゃんぎゃんと喚《わめ》くだけの恵《めぐむ》より、理路整然と雅巳に意見する芳江は、とても頼りになる存在なのだ。もしかしたら雅巳は芳江が出かけたこと知っていて、入ってきたのかもしれない。

「なぁ、あの男はここに住んでないのか？」

「あの男って、脩一《しゅういち》君のことか」

「なに、君付けなんだ。笑える」

雅巳は腹を抱《かか》えてげらげら笑った。石神はいったいなにがおかしいのかわからない。三年前、雅巳のことも最初は君付けだったと思う。

「その脩一クンは、まだ一緒に住んでないんだな？」

「……ここにはいない」

「へぇ、不満そうなところを見ると、あんたは一緒に暮らしたいんだ。そりゃそうか。あいつ、めぐちゃんとも仲が良さそうだったから、きっと家政婦のこうるさいオバサンにも受けがいいんだろ。良い婿《むこ》になりそうだな」

「婿だなんて……」

倫一に聞かれたら怒られてしまう。

「婿でいいじゃん。いいなぁ、あんたの機嫌さえ取っていれば左団扇《うちわ》って感じ？」

「彼はそんなふうにするつもりはないから、ここに越してこないんだ」

生活の心配はしなくていいから一緒に暮らして欲しいと言うと、倫一は嫌な顔をする。なにか贈り物をしようと考えても、余計なことはするなと叱責《しっせき》される。石神は思うように愛情を表現することができなくて、もうずっと困っている状態だ。

倫一には倫一なりのポリシーがあるのだと、理解しようとはしているが。

「へぇ、案外、真面目《まじめ》なんだ。あんたとお似合いだよ。良かったじゃん、良い奴とめぐりあえて」

そんなふうに言われても、言葉通りには受け止められない。

パーティー会場で「俺、あいつに興味がわいちゃった」「年上が好きなのかもしれないけど、俺の若さで落としてみせるさ」と堂々とライバル宣言したのだ。石神はのんびりしているかもしれないが、忘れるには衝撃的なセリフだった。

「で、脩一はこんどいつ来るの？」

「聞いてどうする。私は君に教えるつもりはない」

石神にしてはきっぱりと拒絶できた。よし、こんな感じでいこうと、毅然《きぜん》とした態度を崩さないように努力する。雅巳は鼻白《はなじろ》んだようだった。

「なんだよ、その自信満々な顔。愛されてますーって？　ムカつく」

雅巳は本気で腹を立てたのか、身を翻《ひるがえ》すと座敷を出ていった。そのまま玄関へ向かってくればいいのに、なんと階段を上がっていく。石神は慌《あわ》てて後を追った。

「どこへ行くつもりだ。待てっ」

「勝手に上がるな！」

「あんたの部屋が昔と変わっていないか、ちょっと見せてもらおうかと思ってさ」

引きとめたい気持ちは大きいのだが、階段を上がる速度は雅巳の方が速い。追いついたのは書斎の中だ。

「わぁ、変わってないなぁ。まぁ、あんたにしたら三年ぽっちはたいした長さじゃないのかもね。俺とは生きてる年数が違うから」

年を取るにしたがって、一年が短く感じるのは本当だ。雅巳にとって三年は長かったのだろうか。石神の三年よりも長かったのは確かだろう。

「あ……、これ、まだ使ってたんだな」

呟きとともに雅巳がデスクから取り上げたのは、黒い万年筆だった。特に高級品というわけではないが、大手文房具会社の大量生産品なので、どこにでも替えのペン先とインクが売っていて、便利に使っている。

「それが、どうかしたのか？」

「あんた、忘れたの？　これ、俺がプレゼントしたんじゃないか」

「えっ……」

石神は唖然《あぜん》とした。そんなこと、すっかり忘れていた——というか、覚えていない。

雅巳はいささか大げさなほどしょんぼりと肩を落とし、黒い万年筆をじっと見つめる。

「これ五千円もしたんだよね…。あんたにとってはたいしたものじゃないかもしれないけど、時給八百円のアルバイトで小遣《こづか》いを稼《かせ》いでいた大学生にとっちゃ、休日一日分の労働の対価なんだぜ」

「す、すまん……」

「大切に使ってもらっているみたいだから、いいけどさ……」

雅巳からのプレゼントだと覚えていたら、とっくに捨てていたかもしれないとは言えない。

「この書類ケースもさ、俺がここに置いたらどうだって提案したんだぞ」

「そう……だったか？」

またしても覚えていない。だが雅巳は怒ることなく、しみじみとした目で書斎を眺《なが》めていた。

石神は意外な思いを抱えて、そんな雅巳を見つめる。

三年前の雅巳とのことは、ぜんぜん良い思い出になっていなかった。原因は、別れ方だ。早々に別れたい石神と、家に居座る雅巳とで、修羅場のようになってしまった。恵と芳江まで巻きこみ、石神はスランプになり、食欲不振と睡眠障害で通院するはめになった。

石神の中で、雅巳は悪魔のような男という記憶に置《お》き換《か》わってしまったが、よくよく思い出してみれば、そう悪いことばかりでもなかった。

最初のセックスは最悪だったが、そのあとは加減してくれて、気持ち良くしてくれたこともあったし、石神が仕事をしやすいようにと書斎のレイアウトを考えてくれたりもした。少ない小遣いから文具をプレゼントしてくれたこともあるし、疲れたと言えば気分転換に外へ散歩に連れ出してくれたりもした。

どうしてそんなあれこれを忘れていたのだろう——。石神は自分の薄情さに自己嫌悪した。実際、別れの時、悪いのは雅巳ばかりではなかったはずだ。こうした恋愛がらみの揉《も》めごとは双方に問題があってのことで、片方だけを悪者にして終わって済ませてはいけない。

雅巳は頑《かたく》なな石神の心に入りこもうと知恵を絞《しぼ》り、それなりに努力したのだろう。石神はといえば、たいしたことはしていない。雅巳に押し切られて流されて迷惑をかけられている被害者のように考え、振舞っていなかっただろうか。

そんなわからずやの石神に、雅巳はしだいに疲れてきて、投げやりになったのかもしれない。

石神は雅巳と続けていこうという気がなかった。

「あ、あの、今日は仕事、休みなのか？」

「やっと聞いたな。そうだよ。休みなの」

雅巳は振り返って、ニッと邪気のない笑顔を見せた。

「ホテルだからさ、平日に交代で休みを取るわけ。俺はだいたい水曜か木曜」

「仕事は楽しい？」

「大変なことも多いけど、まぁ、おおむね楽しいよ。やりがいがあるって言うの？　客の反応がダイレクトに伝わってくるからわかりやすいし」

「あそこは外資系だろう。英語が堪能《たんのう》だったか？」

「堪能ってほどじゃないけど、英会話はできるよ。やっぱ外国からの客が多いから、英会話は必須だな。いま中国からの客も増えてて、急いで中国語も勉強中」

「へぇ、すごいな」

石神は素直に感心する。雅巳がそんなに真剣に仕事に取り組んでいるとは思わなかった。学生時代には感じられなかった、自立心と社会人としてのプライドが伝わってくる。雅巳も成長したんだなと、親戚のおじさんのようなことを思った。

だが書斎で二人きりというのは、落ち着かない。かつて、ここで何度か抱かれたことがあるからだ。原稿を書いていると雅巳はしばしば邪魔をしに来て、相手にせず邪険にすると背後から襲いかかってきた。体力がない石神は数分の攻防で疲れてしまい、結局は言いなりになるしかなかった──。そんなことが思い出される。

「座敷に行かないか。お茶を淹れるから。その……仕事のこととか、もっと聞きたいし……」

積極的に聞きたいわけではないが、階下への誘い文句がうまく出てこない。そんな石神の思惑に気づいてか、雅巳は動こうとしなかった。

「俺はここで思い出話をしたいな。お茶はいいよ。喉《のど》は渇《かわ》いてないから」

「腹は減っていないか？　確か、美味《おい》しい大福が……」

「この部屋で俺といるのは嫌なの？」

ストレートに切り込んでこられ、石神は言葉に詰まった。雅巳はニヤリと悪党のような笑みを向けてきた。

「友彦《ともひこ》」

ねっとりと名前を呼ばれ、背筋にぞわっと悪寒《おかん》が走った。好意を持たない相手と遊びでセックスができるタイプではない石神は、雅巳に嫌悪と恐怖しか感じない。

「ここで、あんたと何度もシタよな」

じわりと間合いを詰められても、石神は硬直して動けない。手首をがっしりと握られたら、そこから鳥肌《とりはだ》が全身に広がった。

「あんたはいつも嫌がったけど、最後には良くなっちゃって、いつも尻《しり》を振っていた。十七歳も年上の立派な作家先生をただの大学生である俺が屈服《くっぷく》させるんだぜ。それが、どんなに楽しかったか……。あんた、わかっていなかっただろう？」

「あ、あの、雅巳……」

「しかもあんたは慣《な》れていなかった。いじめながらも調教して、開発していくのは、結構面白《おもしろ》かった。あんたは覚えが悪くて、良い生徒じゃなかったけど」

聞きたくない。そんなこと、言わないで欲しい。恋人として、どんなに自分の出来が悪いかなんて、いまさら言われなくても知っている。

「でも、そんなあんたを、脩一は大事にしているんだな。俺と別れてから、もしかしてどこかで修業を積んだのか？　すげぇ体になったとか？」

「なにも、なにもしていないっ」

雅巳の手が尻にまわり、むにゅっと摑《つか》んできた。ひぃと石神は細い悲鳴を上げ、涙目になる。

「なぁ、ホテルで俺が言ったこと、覚えているか？　脩一に興味がわいたって、落としてみせるって」

覚えているに決まっている。石神は涙目でこくこくと頷《うなず》いた。

「連絡先、教えてくれよ。俺のケーバンとメアドを渡したのに、ちっとも連絡よこしてこないんだ。俺に興味ありそうな目でじろじろと体を見ていたくせに」

信じられないセリフに頭をガンと殴られたような気分になった。

脩一が雅巳に、興味がありそうな目で体をじろじろ見た？　うそだ。そんなこと、脩一がするわけがない。

でも――受け取った雅巳の連絡先を携帯に登録しているのを、石神は見ている。まだ連絡を取っていないのは、ただ単に忙しいから時間がないだけなのかもしれない。もう石神に飽《あ》きて、やはり若い子の方が良くなったのだろうか。石神になにも言わないのは、ショックを受けることがわかっているから、時期を見ているからだろうか。

石神は一瞬で、ネガティブなことを山ほど考えてしまった。

「あ、携帯みっけ」

デスクの上に放ってあった石神の携帯電話を、雅巳がぱっと鷲摑《わし》みにした。

「やめろ、見るなっ」

「ちょっとだけだから」

雅巳は石神が奪い返そうと伸ばす手をひょいひょいとかわしながら、電話帳を呼び出している。

「脩一の名字を教えてよ」

「返せ。勝手に見るな」

「教えないつもり？　じゃあいいよ。履歴を見るから」

「やめてくれ！」

脩一を取られてしまう。大切な大切な恋人を、奪われてしまう。

「あった、これだな。三澤《みさわ》っていうんだー」

「雅巳っ」

悲痛な声を上げた石神に、こんな場面でありながら、雅巳はにっこりと爽《さわ》やか過ぎる笑みを浮かべた。

「泣くことないじゃない。そんなに脩一と俺が連絡を取り合うのは嫌なの？」

「い、嫌だ……」

泣くつもりはなかったのに、涙がぽろりとこぼれる。ひくっとしゃくり上げてしまい、石神は手で口を覆《おお》った。

「だったらさぁ」

雅巳は石神の耳元にそっと囁《ささや》いた。

「とりあえず、あんたの体がどう変わったか、抱かせてくれない？」

「え………」

驚きのあまり涙が引っ込んだ。石神はまじまじと雅巳を見つめ、冗談でも間違いでもないと知り、さらに驚愕《きょうがく》する。

「ど、どうして、いまさら、私なんか……」

「だから言ったじゃない。あんたの体がどう変わったのか、味わってみたいって」

「味……っ？」

石神は混乱してきた。雅巳はいったいなにがしたいんだ？　そもそも今日はここになにをしに来たんだ？

「私なんか、味わっても美味しくないぞっ」

「美味しいか不味《まず》いかは、食べてみなくちゃわからないだろ。味覚は人それぞれだし」

「味覚っ？」

「脩一はあんたを美味しいと思っているはずだ。ちがうか？」

それは、そうかもしれない。ほぼ週末ごとに泊まりに来て、石神の腰が立たなくなるほどに抱いてくれるのだから――。

「あんたが相手をしてくれるなら、脩一を諦《あきら》めてもいいんだけどなー」

雅巳が軽く取り引きめいた提案を口にする。相手をするとは、つまり、抱かれるということだろう。そうすれば、脩一はとられない？　本当に？

「それは、本気で…？」

「ああ、本気だ。なんだ、俺とする気になった？」

石神は混乱しながらも、ふらりと雅巳の手を取りそうになった。だが寸でのところで脩一の顔が思い浮かぶ。

「いや、駄目だ、そんなことをしたら、脩一君に怒られる。嫌われてしまうかもしれない」

チッと雅巳は舌打ちし、「あーあ」とつまらなさそうな声を出した。

「なんだよ、つまんねぇな。ノリが悪いったらねぇよ」

「君はノリであんなことを言ったのか？」

いささかショックを受けながら問うたが雅巳は答えずに、さっさと書斎を出ていく。軽い足取りで階段を下りていく雅巳を追いかけて、石神は玄関までついていった。

「んじゃ、今日のところは帰るわ」

「今日のところは、だと？」

もう来なくていい。できれば来ないで欲しい。

「そろそろオバサンが帰ってくるだろ。また来るから、じゃあな」

「あ、雅巳……」

粘《ねば》らなかったのは芳江と顔を合わせたくないからか。雅巳はひらりと手を振って、振り返りもせずに玄関を出ていった。

雅巳の訪問は、時間にしたら三十分もなかっただろう。いったいなんだったのか。

一人取り残されたようなかたちで、石神は茫然《ぼうぜん》と玄関に突っ立っていた。

紀久子《きくこ》には仲が良い姪《めい》っ子がいる。五つ年上の兄は結婚が早く、紀久子が高校生のときにパパになった。十六歳年下の姪っ子、菜々《なな》はいま十九歳だ。大学生になり、彼氏もできたらしい。すっかり大人の女になった菜々は、紀久子の親友とも呼べる存在だった。

「……なにか変わったことがあったでしょう」

翔太《しょうた》と寝てしまったあと、菜々と会ったときにそう指摘された。

いつもと変わらない態度で話をしていたつもりなのに、どこがどう違って気づいたのだろうか？　菜々は聡明《そうめい》な兄に似て、頭が良くて鋭いところがある。

菜々と会うのは二週間ぶりで、カフェで待ち合わせをしてショッピングを楽しんだところだった。いまどき珍しく染めていない黒髪はショートで、メイクをしなくてもきれいな目鼻立ちの菜々は、じっと紀久子を凝視《ぎょうし》してくる。嘘やごまかしは許さないぞと言っているようだ。

「変わったことって、たとえば、どんな？」

「オトコよ」

ズバリと切りこまれてしまい、紀久子はため息をついた。

「……どうしてわかるの……」

「紀久ちゃんのことだから、わかるのよ」

親しみをこめて紀久ちゃんと呼ぶ菜々は、本当にかわいい。好奇心で追求しているわけではないから、なおさらだ。心配してくれているのだろう。

「あまりいいコトじゃなかったみたいね」

「……うん、そうなるかな……」

十九歳の姪っ子に打ち明ける内容ではないかもしれないが、すでに彼氏がいる菜々はきっとわかってくれるだろうと、翔太とのことを話した。

「――それで、紀久ちゃんはどうしたいの？」

静かに気持ちを聞かれる。

「そうね……」

自分はいったいどうしたいのだろう。あれから、ずっと考えているけれど、まだ答えは出ていない。

「まだ二度目はないのね」

「ないわ。二度目があって欲しいのか、それともこのままなかったことにしたいのか、それすらもわからないのよ……」

「でも、誘われたら、きっと紀久ちゃんは断れないわよ。だってその人のこと、好きなんでしょう？」

紀久子は素直に頷《うなず》いた。翔太に誘われたら、おそらく断れないだろう。いや、もしかしたら嬉々《きき》としてついていくかもしれない。翔太のためなら、大切な用事があっても断ることすら厭《いと》わないだろう。

「だったら、わからなくはないじゃない。これほどはっきりしていることはない。紀久ちゃんは、その人のことが大好きで、たとえ気持ちが伝わっていなくても、このまま関係を続けていきたいと思っているのよ。そうでしょう?」

十九歳の姪っ子に容赦《ようしゃ》なく言葉にされて、紀久子は苦笑するしかない。

「そうね……。そうかもね……」

「紀久ちゃん、都合の良い女になるつもりなの」

「それで、あの人が私のことを好きになってくれるのなら……」

「好きになるかしら。都合の良い女は、いつまでたっても都合の良い女なんじゃないの。あたし、紀久ちゃんには幸せになってもらいたいのに」

「菜々、私は不幸なんかじゃないわ」

そこだけは訂正させてもらおうと紀久子がそう言うと、菜々はハッとして目を伏《ふ》せた。

「ごめんなさい…」

「いいの、心配してくれてありがとう。菜々」

自分のことで姪っ子は心を痛めている。申し訳なく思いながらも、親身になってくれる肉親のありがたみを噛《か》みしめた。

数日後の金曜日の夜、仕事から帰った紀久子を待っていたかのようなタイミングで、インターホンが鳴った。すでにシャワーを済ませたらしい翔太は、髪がしっとりと濡れており、ラフな格好で玄関先に立っている。紀久子を見ると、にこっと爽《さわ》やかに微笑《ほほえ》んだ。

「こっちの部屋に来ませんか?」

二度目の誘いだった。紀久子はどきどきと高鳴る胸を隠し、「いいわよ」と余裕ぶって返事をする。

「着替えるから待っててくれるかしら」

頷いた翔太を待たせて、紀久子は急いでシャワーを浴びた。できるだけ早く、翔太の気が変わらないうちに、体の隅々《すみずみ》まで磨《みが》きたてる。すべてを済ませてバスルームを出たとき、紀久子は軽く息を切らしているほどだった。

「そんなに急がなくても、待っていますよ」

バレていた。紀久子は一瞬だけ、澄ました顔を保《たも》っていられずに、泣きそうになってしまう。翔太はハッとして目を見開き、紀久子を見つめてきた。

見られた。どうしよう。素《す》の自分を見られてしまった。

「あ、あの、ごめんなさい……。私、急用を思い出して……」

もう一度、仮面をかぶりなおすためには時間が欲しい。今夜はとりあえずなかったことにして、明日にでも――。

「待って、紀久子さん」

ドアの内側に逃げようとした紀久子を、翔太が引きとめてくる。大きな手が二の腕をがっしりと掴《つか》んでいた。痛いほどに。

「急用ってなに？　嘘でしょう」

「ほんとよ。お願いだから…今夜は……」

掴まれた腕が熱い。翔太の若い熱が伝わってくるようだ。都合の良い女ではないと気づいたはずなのに、いったいどうしたいのだろうか。

「紀久子さん、ねぇ」

「はじまっちゃったの！」

追い詰められた紀久子はとっさに口走っていた。

「い、いま、たったいま、はじまっちゃったの！　ごめんなさい！」

「………は？」

翔太はぽかんとしている。紀久子は我ながらとんでもない言い訳に、羞恥《しゅうち》が込み上げてきて真っ赤になった。

「だから、今日はできないの。ごめんなさい、ごめんなさい、ごめんなさい……」

都合の良い女でいられなくてごめんなさい、下手《へた》な嘘をついてごめんなさい、こんなバカな女でごめんなさい――さまざまな意味がこめられた「ごめんなさい」だった。

力が抜けてへなへなとその場に座りこみそうになった紀久子を、翔太はすくい上げてくれた。

「紀久子さん、そんなに謝らなくても良いですよ。俺はべつに、したいだけなわけじゃありません」

「えっ？」

違うの？　目的はセックスなんじゃないの？　言葉にしなくとも、はっきりと疑問が顔に出ていたのだろう、翔太は苦笑した。

「とりあえず、俺の部屋に来ませんか。話をしましょうよ。いろいろと、聞きたいことがいっぱいあるんです」

聞きたいことってなんだろう。紀久子は茫然《ぼうぜん》としながらも、促《うなが》されるままに隣の部屋へと足を向けた。


はじめて書く男女の恋愛小説。

もっと難産かと思っていたが、恋愛において男も女も悩みは変わらないのではないかと気づいたら、怒濤《どとう》のようにキャラクターとストーリーが頭の中に浮かんだ。

紀久子は石神《いしがみ》そのものだ。翔太は脩一《しゅういち》。そして姪っ子の菜々は息子の恵《めぐむ》。

年をとるにつれて、素直に愛を言葉にできない。わかって欲しいと祈るだけになってしまいがちだ。紀久子は翔太を愛している。愛するがゆえに、相手の望むようにしてしまう。嫌われたくないから、鬱陶《うっとう》しいと思われたくないから。

石神は脩一を愛している。元妻には申し訳ないが、彼女よりもきっと深く愛しているだろう。

このままずっと恋人でいたい。脩一にかわいがられたい。でも自分はもう四十三歳で、脩一はまだ二十代だ。年齢差は埋《う》まらない。石神が年をとるにつれて、脩一は嫌になるのではないか。年寄りなんてと見向きもしなくなるのではないか。

雅巳《まさみ》が言っていたように、遺産相続を条件に養子縁組をして、脩一を縛りつけてしまおうか。でもそんなことは脩一の望むカタチではない。金で心を買うのかと、軽蔑《けいべつ》されるだろう。

このままでいいのだろうか。このまま静かに愛していくだけで、終わりは来ないだろうか。

別れたくない。脩一をだれにも渡したくない。愛している。愛している。

石神には小説を書くことしかできないから、一文字ごとに、こうして愛をこめるしかなかった。紀久子というキャラクターに想いを宿らせて、石神は脩一への愛を叫ぶ。

愛している、愛している、愛している——。

自分には彼しかいない。これが最強で最後の恋だ。脩一の他にはなにもいらない。

だからお願い、そばにいて。

あなたがいないと、息もできない。

憑《と》りつかれたようにPCに向かって原稿を書いていると、どうしても現実が遠のいていく。

「父さん、芳江《よしえ》さんがお握りを作ってくれたから、ここに置いておくね」

恵の声がする。いつ来たんだろう。気づかなかった。顔を見たいが、ＰＣの画面から目を離したくない。紀久子が降りてきているから、いまのうちに一行でも多く、彼女の愛を書き移しておきたかった。

「だめだこりゃ。父さん、完全に入っちゃってる」

「もう何日も、この状態なんですよ」

芳江の心配そうな声も聞こえたが、いまの石神は「ああ、そこにいるのか」としか思えない。

「稲垣《いながき》さんから聞いたけど、彦神《ひこがみ》トモイ初の恋愛小説なんだって。雑誌連載だから一ヵ月分ごとに入稿すればいいらしいんだけど……。この様子だと一気に最後まで書いちゃうつもりみたいだね」

「まぁ、旦那《だんな》様初の恋愛小説なんて。楽しみだわ」

芳江が弾んだ声でそう言ってくれたが、石神は振り返ることができない。顔はＰＣ画面に固定されてしまったように動かなかった。

「でも脩一さんから何度も電話があって……。どうしましょうか、恵さん」

「オレから電話しておくよ。あのひと、父さんのことよくわかっているから、執筆中だって説明すれば、終わるまで待っていてくれると思うよ」

「そうですね。こういうときの旦那様は、そっとしておいたほうがいいですものね」

背後で恵と芳江がこそこそと相談しているのはわかっていたが、石神は紀久子に意識が集中しすぎて反応することができない。

脩一に会いたい。でもこの状態では会えない。動けない。

紀久子は良い。隣の部屋に翔太が住んでいるのだから。会えなくとも、壁一枚向こうに彼が住んでいると思うだけで、どんなに気持ちが慰《なぐさ》められるかしれない。

うさぎのペットや菜々では埋められない空隙《くうげき》を、翔太への愛が埋めている。

脩一に会いたい。はやく仕事を終えて、原稿を書き上げてしまって、堂々と脩一に会いに行きたい。もう何日も会っていないのに、脩一は寂《さび》しくないのだろうか。若い体を持て余してはいないだろうか。

どこか知らないところで発散していたとしたら、どうしよう？　雅巳が誘惑していたらどうしよう？　あのとき拒絶しないほうが良かったのだろうか。雅巳が望むように抱かれてやれば、脩一に迫らないと約束してくれただろうか。

紀久子もおなじ不安を抱《かか》えている。翔太にとってどんな存在でもいいから、そばにいたい。嫌われたくない。都合の良い女でいて欲しいと思われているのなら、頑張ってそうしよう。でも、心の中ではやっぱり唯一無二の恋人になりたいのだ。翔太に本命ができたとき、紀久子は笑って縁を切ることなんかできそうにない。

紀久子も愛を叫ぶ。愛を訴える。

心の中で、一人寝の布団の中で、シャワーの中で。ときには眠っている翔太の寝顔を見つめながら、こっそりと。

叶わなくても良いから、とにかく叫んでおきたくて。


「終わった……」

石神《いしがみ》は最後の一行を書きあげ、二行ほど空《あ》けてからENDと打った。そして稲垣《いながき》のメールアドレスに原稿を送る。

紀久子《きくこ》の恋は叶った。翔太《しょうた》が最初から紀久子のことを好きだったとわかり、おそるおそる手を取ったのだ。翔太は翔太で、十歳も年上の、人生経験も貯金もある自立した女が、まだ一人前になりきれていない青二才の自分と、本気で付き合ってくれるわけがないと思いこんでいたのだ。

おたがいに臆病《おくびょう》だった。本気過ぎて、一歩を踏み出すことに時間がかかってしまった。

つぎは石神の番だ。脩一《しゅういち》に会わなくては。

いつも来てもらうのを待っていたが、そうしなければならないと二人の間で取り決めをしたわけではない。石神がなんとなく積極的に出られなかっただけ。脩一の都合を考えるばかりに、自分から会いに行くことをしなかっただけだ。

石神はデスク上の充電器に立たせたままだった携帯電話を手にした。電話帳から脩一の番号を選択する。

会いたいと言ってもいいだろうか。原稿が終わったから、という石神だけの都合を押しつけても嫌われないだろうか。どきどきびくびくしながら電話をかける。呼び出し音が一回、二回と鳴りつづける。

石神はふと部屋の壁にかけてある時計を見て、ハッとした。長針は十二時に近い。窓の外は真っ暗だ。時間の感覚がなくなっていたので、いまが夜中だということに気づいていなかった。もう寝ているかもしれない。庭師見習いとして叔父《おじ》を手伝っている脩一は、朝が早いのだ。

「あ、でも……」

カレンダーで日付を確認したら、今日は土曜日だった。ミサワ造園は基本的に土日祝日が休業日だ。脩一はまだ起きている可能性が高い。なかなか応答しないのは、風呂に入っているせいかも。

そのまま呼び出し音を数え続け、十回を越えたとき、やっと『もしもし』と声がした。

『あ、まずい。出ちゃった』

うっかり電話に出てしまったという感じの相手は、脩一ではなかった。週末のこんな時間に脩一の携帯に出る若い男の声……。思いがけない事態に、石神は硬直した。

『えーっと、石神さん？』

相手が自分を知っていることに愕然《がくぜん》とする。返事をしようと口をぱくぱくと動かしたが、声が出なかった。

『もしもし？　聞こえていますか？』

「…………も、もしもし……あの…………どなたですか……？」

なんとかそれだけは言えたが、全身に嫌な汗をかいていた。

『あー…、えっと、小城《おぎ》といいます。脩一の友達で……』

「しゅ、脩一君は、どこ、どこですか」

『いま風呂に入ってます。すぐに出てくると思うから……。あの、石神さんですよね？』

石神は返事もせずにブチッと通話を切ってしまった。携帯電話に罪はないのに、雑巾を絞《しぼ》るようにぎゅうぎゅうと握りしめてしまう。小さな機械はミシミシと軋《きし》み音をたてた。

どうしよう。こんな時間に一緒にいて、しかも脩一は風呂に入っているなんて――。

下世話な想像をするなと理性は叫ぶが、しないでいるほうが難しい。

脩一は石神が小説世界にはまっているうちに、危惧《きぐ》していた通り、よそで発散させていたのだろうか。声しかわからないが、若い男だった。もしかしたら美形かもしれない。

電話に出たのが雅巳《まさみ》じゃなくて良かった。雅巳だと容易に想像できてしまい、電話を切った瞬間にはもう泣いていただろう。聞いたことがない声だったので相手の顔が想像できず、石神は泣けない。

けれどショックであることには変わらなかった。

どうしよう、本当にどうしよう。脩一を失うなんて、考えられない。こんなに好きなのに。こんなに愛しているのに。脩一がいないと生きていけないかもしれないのに。

「…………苦しい…………」

胸が苦しくて、思うように息ができない。

「脩一君……っ」

愛していると、捨てないでくれと、縋りつきたい。鬱陶《うっとう》しいと、女々しい奴だと蔑《さげす》まれるかもしれないが、どんなことをしてでも振り向いて欲しかった。

どうすればいいのだろう。どうすればこの想いが伝わるのか。

石神はPCを見つめた。たったいま原稿データをメールに添付して稲垣に送ったところだ。以前、脩一は石神の本を読んで、石神の人となりを理解してくれたことがある。もっと早く読めば良かったと、あとで言われた。今回も、読んでもらえたら、もしかしてわかってくれるだろうか。

作中で紀久子は翔太への愛を叫んでいる。あれはそのまま石神の脩一への愛だ。

石神は電源を落としたPCをもう一度立ちあげた。プリンターに繋《つな》いで、印刷の準備をはじめる。携帯は沈黙したままで、脩一からの折り返しの電話はない。その事実に悄然《しょうぜん》としながらも、とりあえずプリンターに紙をセットした。

実は小城との通話のあと、力まかせに握ったせいで携帯が故障していたのだが、石神は翌朝まで気づくことはなかった。

風呂から出てきた脩一は、小城が酔《よ》い潰《つぶ》れてソファで眠ってしまった雅巳に毛布をかけてやっているのを見て呆《あき》れた。

「そんなやつ放っておけばいいのに」

「風邪でもひかせたら、また文句を言われそうじゃないか」

「タダ酒飲んで泥酔《でいすい》して人様にゲロぶっかけるような罰あたりは、風邪くらいの報《むく》いを受けて当然だろ」

フンと鼻を鳴らす。

今夜は脩一と小城、そして雅巳の三人での飲み会だった。小城を巻きこんだのは、雅巳と二人きりで会ったことが石神に知られたら誤解されるとわかっているからだ。酒を飲ませて気持ち良くさせ、さりげなく石神に手を出すなと釘を指すつもりだったのだが、雅巳はさっさと酔っ払い、あげくに介抱《かいほう》していた脩一の膝《ひざ》に向かって嘔吐《おうと》した。

しかたなく一人暮らしをしている小城のマンションまで移動し、脩一は風呂を借りたところだった。着ていた服は洗濯してもらっている。小城の部屋着を借りたが、身長差が十センチはあるうえに、肩幅も脩一の方が広いので、窮屈《きゅうくつ》でたまらない。つくづく雅巳が恨《うら》めしい。

「しかし、いいとこに住んでるな」

1LDKの小奇麗なマンションは、いかにもファッション業界に身を置いている小城らしく、家具や家電がセンス良くまとめられている。脩一と付き合いがあったころは、まだ都内の実家に住んでいた。今回、再就職のことで連絡を取り、一人暮らしをはじめたと聞いてはいたが、足を踏み入れたのは今夜がはじめてだ。

「こいつ、酒に弱かったんだな。最初に言えば良かったのに」

光沢《こうたく》のある白いソファに、ぐだぐだの雅巳が横になっているさまは、どう考えてもミスマッチだ。だらりと垂《た》れ下《さ》がった足を、脩一は軽く蹴飛《けと》ばした。

「なに言ってんの。脩一がいかにも酒に強そうなことを言うから、対抗意識が芽生《めば》えて無理しちゃったんだよ」

「俺はなにも言っていない」

「言ったよ」

小城がやれやれといった感じでため息をつく。自覚があった脩一は、ムッと唇《くちびる》を歪《ゆが》めた。

待ち合わせの居酒屋の席についてすぐ、雅巳は「友彦《ともひこ》に会ったよ」と自慢気に言ったのだ。

そして、訊《たず》ねてもいないのに「石神家まで出向いたら書斎に通され、しばらく親密な時間を過ごした」と説明してくれた。また会う約束をしたとまで聞かされて、脩一が腹立たしく思わないわけがない。

言葉通りに親密な時間というものが存在したかどうかはわからないが、石神の書斎まで上がったことは事実だろう。そんなところまで雅巳を入れた石神にもムカついた。

酒はあまり飲まないから、と遠慮がちにメニューを眺《なが》めている雅巳に「石神家に置かれている日本酒は良いものばかりで、月見酒は最高だ」とか、「このくらい飲めなきゃ男じゃない」「石神も晩酌《ばんしゃく》ていどならするから、付き合わないと拗《す》ねる」だとかネチネチと言ったのは、完全に脩一の意地悪だ。

雅巳はムキになって杯を重ねていた。たいして時間もかからずに酔い潰れてしまったのは、たしかに脩一の態度にも原因があっただろう。

「今夜は話し合いの予定だったんじゃないの？　なんにも話せなかったじゃないか」

小城の抗議を、脩一はそっぽを向いて無視した。

脩一とて、最初からこんな展開を予想していたわけじゃない。メンタルな部分がすぐ仕事に影響を及ぼす石神に落ち着いて原稿を書いてもらうためには、雅巳は障害になるだろうと考えたからこそ、穏便に排除できないかと思ったのだ。

だが挑戦的な言葉を投げられる前に、脩一は雅巳の顔を見ただけで苛立《いらだ》った。かつて石神と肉体関係があり、心身ともに傷つけた男だ。対峙《たいじ》して平常心でいられるわけがないのだ。

自分が思ったよりもずっと石神を愛していると、脩一は自覚せざるを得なかった。

石神を笑わせたり泣かせたりいじめたり愛したりしていいのは、もう脩一だけなのだ。

「ねぇ、この子って、タチなわけ？」

雅巳の寝顔を眺めながら、小城が聞いてきた。

「まぁ、友彦を抱いていたっていうんだから、タチなんじゃないのか」

「ネコっぽく見えるんだけど」

「顔はかわいいけどな」

小城はじーっと雅巳を凝視《ぎょうし》している。その目が獲物を狙《ねら》うハンターのように見え、脩一は嫌な予感がした。

「おまえ……こいつをどうこうしようなんて、思っていないよな？」

「どうこうなんて……思っているに決まってるじゃない」

ニヤリときれいな顔に怖い笑みを浮かべ、小城は脩一に流し眼《め》を送ってきた。

忘れていた。小城はリバだった。脩一と寝るときはネコだったが、相手によってはタチにもなって最後の一滴まで搾《しぼ》り取《と》るという、見かけを裏切る淫蕩《いんとう》な性質なのだ。

遊びで寝るには罪悪感を抱かせないあっさりとした男だが、そこに愛情が生まれると相手を腎虚《じんきょ》で死なせてしまうのではと危惧《きぐ》させるほどの淫乱ぶりを発揮すると聞いたことがある。セックスが激しすぎて最後はいつも涸《か》れ涸《か》れになって別れるのだと、その界隈《かいわい》で聞いたことがあるような……。

脩一との間には、気安い友達以上の感情がなかったので、スポーツ感覚でのセックスしか介在しなかった。小城に狙われたら、いくら若くても雅巳は命が危ないのではないか。

かわいそうに、と心の中で呟《つぶや》いたが、脩一はそれはそれでありがたいかもと思う。小城に雅巳を任せることができたら、石神にちょっかいを出す余裕などなくなるだろう。

「おまえ、本気でこいつを狙うつもり？」

「駄目かな」

「いやいやいや、ぜひ落としてもらいたいね」

おススメ物件です、と脩一が笑いながら小城の肩を叩《たた》くと、淫魔のごとく小城は強烈にきれいな笑顔になった。

「楽しみだな。この子、どんなふうに鳴くんだろう？」

「死なせないようにな」

「大丈夫。仕事には行ける程度にとどめておくから。ホテルマンなんだろ」

経験を積んで、ずいぶん加減がわかるようになったんだと、小城は胸を張る。それは自慢になるのかとつっこみたかったが、脩一はなにも言わないでおいた。

「あ、そういえば、さっき携帯に電話があったよ」

「あ、そう？　誰だろ……」

リビングのテーブルに放置してあった自分の携帯を手に取る。着歴にあった名前を見て、目を丸くした。しかも不在着信の印はない。小城を振り返ると、ペロッと舌を出して「ごめん」

と自分の頭を叩いた。

「うっかり出ちゃった」

「おまえなぁ〜っ」

こんな時間に脩一の携帯に知らない男が出て、石神がなにも思わないわけがない。絶対に誤解した。絶対に落ち込んでいる。

「脩一君は？　って、震える声で聞いてくるから、風呂に入っているって答えておいたから」

絶句した脩一に、小城はまた小悪魔のような笑みで、くくくくと笑う。わざと誤解させるようなことを言ったのかと、脩一はがくりと肩を落とした。

そうだ、小城はこういうやつだった。ただの親切な男ではない。脩一に再就職の世話をして、石神の元彼との飲み会に付き合ってくれるようなところがありつつ、些細《ささい》な意地悪を面白《おもしろ》がってやるのだ。

わかっていて、携帯を放置していた脩一が悪い。早く風呂に入りたくて気が急《せ》いていたせいだが、そんなのは意地悪された石神にしたら関係ない。

だが石神の方から電話をかけてきたということは、原稿が一段落したのだろうか。

時間を確認してみると、もう深夜一時に近い。とりあえず一回かけてみようかと、脩一は着歴から石神に電話をかけてみた。ところが何回呼び出し音を鳴らしても、石神は出ない。留守電にも切り替わらない。しかたがないのでメールを打っておく。

雅巳と会ったという部分は明日もう一度電話をして説明することにして、友達の小城と飲んで、別の客に嘔吐され、汚れたので風呂を借りたと、簡単に文章にして送信しておいた。

まさか石神が動揺《どうよう》のあまり自分の携帯を故障させ、電話もメールも知らなかったとは、脩一は思いもよらなかった。

「………よく、眠れなかった………」

石神《いしがみ》はぼんやりした顔のまま寝室を出て、一階に下りた。

日曜日は芳江《よしえ》が休みのため、自分で朝食の用意をしなければならない。電気ポットのスイッチを押し、ダイニングテーブルのいつもの席につく。

一階は真っ暗だ。昨日の夕方、芳江が仕事を終わらせて帰るときに、座敷の雨戸《あまど》をきっちりと閉め、その他の窓はすべて遮光《しゃこう》カーテンを閉めていったからだ。ダイニングテーブルの上にぶらさがるオレンジ色の照明は、しらじらとしたテーブルを照らしている。

このテーブルで、脩一《しゅういち》と何度食事をしただろう。二十代の脩一はスリムな体形ながら、よく食べる。惚《ほ》れ惚《ぼ》れするほどの食べっぷりに、石神はいつも楽しい気持ちになった。芳江は作りがいがあると喜んだし、恵《めぐむ》も大きく育つには食べなければと食事の量を見習う姿勢を見せた。

『ほら、あんたももっと食べろよ。なんかあると、すぐ食べなくなるんだから。あんまり痩《や》せると、抱き心地が悪くなるだろ』

食事をしながら脩一は平気でそういうことを口にする。芳江や恵に聞かれて居たたまれない様子の石神を、おもしろそうに眺《なが》めていた。

「はぁ……」

出てくるのはため息だけだ。いまごろ脩一は、あの電話に出た男と一緒だろうか。もしかしたらまだベッドの中かもしれない。しなやかな筋肉に覆《おお》われた、脩一の伸びやかな手足に、知らぬだれかが体を寄せているかもと想像するだけで、胃が熱くなってくる。むかむかして、しだいにしくしくと痛くなってきた。

書きあげた新作はプリントアウトしてクリップで綴《と》じてある。脩一に読んでもらうために、今日は自分で持っていくつもりだ。

我ながら大胆なことを……と思う。未発表の、しかも書きあげたばかりの初恋愛小説を渡そうとしているのだ。稲垣《いながき》に話したら嫌がるだろうが、脩一は原稿をどこかに公表するような常識のない男ではないので、その点は心配ないだろう。

問題は、石神の気持ちを汲《く》んで、脩一が読んでくれるかどうかだ。

もうとっくに脩一の心が離れているなら、意味のないことだ。でももし、まだ一欠片《ひとかけら》でも石神に情を残してくれているのなら、読んでくれるだろう。読んでさえくれれば、きっとわかってくれる。

その結果、石神だけの脩一でいてくれるかどうかは——未知数だけれど……。

ピーッと電気ポットが鳴った。石神はコーヒーを淹《い》れ、電子レンジであたためた牛乳を混ぜて、ほんのり甘いカフェオレを作る。胃に優しい味を楽しみながら、ささやかではあるが石神なりの力を蓄《たくわ》えた。

そうして、ゆっくりとカフェオレ分の覚悟を決めていった。


寝巻きの浴衣《ゆかた》から、外出用の着物に着替え、羽織も身につける。原稿を茶封筒に入れ、しっかりと胸に抱《かか》えた。携帯電話を手に取ってみたら、画面の映像が歪《ゆが》んでいるような気がする。

「あれ？」

ボタンを押してみたが反応がなく、そのうち画面はふっと消えてしまった。どうやら故障らしいと、石神はしばし考えたのちに置いていくことにした。

明日になったら芳江が来るので、一緒に携帯のショップまで行ってもらおう。石神は機種や料金のことが、よくわからないのだ。

原稿が入った封筒と財布だけを持って、家を出る。いつも芳江に言われているので、玄関のカギをしっかりとかけた。石神は車の運転免許を持っておらず、移動は公共交通機関かタクシーだ。駅前まで歩いていって、タクシーを拾うことにした。無理して電車に乗らなくてもいいと、これも芳江によく言われている。タクシーなら行き先を言えば連れていってもらえるから安全だと。石神もタクシーの方が楽なので、よく利用していた。

石神は無事に駅前にたどり着くことができ、タクシー乗り場に並んでいる一台に乗り込んだ。目的地はミサワ造園だ。脩一は叔父《おじ》の家に居候《いそうろう》している。メモしてきたミサワ造園の住所を見せ、向かってもらった。

ミサワ造園に庭の手入れを依頼するようになってからずいぶんたつ。石神の祖父がまだ存命だったころに出入りしていた業者が高齢のために引退することになり、後継として紹介してもらったのがミサワ造園だった。かれこれ二十年になるだろうか。

車で二十分ほどの距離だと聞いているので、もうすぐ脩一に会えるが、まずなんと言えばいいだろう。昨夜の電話に出た男のことを問い詰めてもいいだろうか。それで脩一が鬱陶《うっとう》しそうな顔になったら、この原稿を渡そう。いますぐにでも読んでくださいとお願いして、石神は帰ってくればいい。

結果がどうなるかはわからないが、こうしてミサワ造園まで出向き、書いたばかりの原稿を携《たずさ》えているだけでも、石神にとってはすごいことなのだ。ここまでなにかに懸命になったことなどない。脩一はそこのところを察してくれるだろうか——。

「着きましたよ」

段取りをぐるぐると考えているうちに、タクシーはミサワ造園と書かれた看板の前に停車していた。思っていたよりこじんまりとした家で、敷地内にプレハブの事務所らしきものが建っている。事務所の中は暗く、だれもいない。そういえば今日は日曜日だったと、いまさらながら思い出した。

留守だろうか。そもそも、脩一はここにいるのだろうか。昨夜、電話の男とそのまま泊まった可能性があることに、はたと気づいた。

「わ、私は………なんてバカなんだ………」

がっくりと肩を落とし、とぼとぼと回れ右をしようとしたとき、「先生ですか?」と声をかけられた。振り返ると、平屋の家から庭師の三澤治郎《みさわじろう》が出てくるところだった。着古したスエットの上下を着ているところから、やはり休んでいたらしい。

脩一をずっと老《ふ》けさせた顔の治郎は、石神ににこにこと笑いかけてきた。

「石神の先生、どうかなさいましたか?　こんなところまで」

「あ、あの、脩一君は、御在宅かな……」

一応、訊《たず》ねてみたが、治郎は残念そうな表情をしながら首を横に振った。

「いえ、昨日から帰ってきていませんよ。まあ、土日に外泊することはよくあることなんで、昨日の夜も特にどこにいるんだとは聞いていないんで……」

「……そ、そうですか……」

やはり脩一は帰ってこなかったのだ。あの声の男と二人で、どこかで夜を過ごしたにちがいない。遅かったのだろうか。もう手遅れなのだろうか。

「脩一になにか御用でしたか？」

「用というほどのことではなかったんですが……」

「もしかして引っ越しのことでなにか先生に相談を持ちかけたんでしょうか」

「引っ越し？　だれの？」

石神はぽかんと治郎を見返す。いったいどこのだれの話だ？

「脩一の引っ越しですよ。聞いていなかったのなら、別にいいです」

早とちりはいけないなと、治郎は苦笑いしている。石神は愕然《がくぜん》とした。引っ越しとは、脩一のことらしい。いったいどこへ？　いつ？　石神はなにも聞いていなかった。ぜんぜん知らなかった。

引っ越しなんて。住まいをどこへ移すつもりなんだ――？

「あの、先生？」

石神はふらふらと治郎に背を向け、歩き出した。原稿を抱える指が、小刻《こきざ》みに震えている。脩一が昨夜から帰ってきていないこと、そして引っ越しが計画されていたことを知らされ、頭の中が真っ白になるくらいの衝撃を受けた。

「先生、タクシーで来たんですよね？　呼んだ方がいいんじゃないですか？」

「いや、いいから……」

一人にさせて欲しい。静かに考えたい。脩一のことを。

「先生、道はわかるんですか？」

「大丈夫、大丈夫……」

ぜんぜん大丈夫じゃないのに、石神はぼうっとしながら手をひらひらと振った。

案の定、すぐ迷子になったが、それでどうすればいいのかなんて、石神にはなにも思い浮かばない。ただひたすらに脩一のことを考え続けていた。

石神は日が暮れるまで、見知らぬ町を彷徨《さまよ》い続けた。


脩一が叔父の家に戻ったのは、正午近くだった。

小城《おぎ》の部屋から何度も携帯に電話をかけたが石神は出ず、ならばと家にかけても応答がない。拗《す》ねて無視しているのかと思い、直接会いに行こうと決めた。着替えのために叔父の家にいったん帰り、そこで思いがけないことを聞かされて驚いた。

「今朝早く、石神先生が来たぞ」

「えっ？」

朝八時頃、ふらりと和服姿の石神が来たと聞かされ、脩一は慌《あわ》てて自分の携帯を開いてみた。メールも着信もない。どうしてなんの連絡もせずに突然ここに来たのか。たしか、こんなところまで来るのははじめてのはずだ。

「なにか言っていたか？」

「いや、特には。おまえに用事があって来たみたいだが……。そういえばなにやら大事そうに大きな封筒を抱えていたな」

「封筒？」

いったいなんだろう。石神は天然ボケで突拍子もないことをすることがあるが、電話に出ずに、いきなり休日の朝に訊ねてくるという行動にはいささか驚いた。どんな意味がこめられているのか。

「そうそう、おまえの引っ越しについてちらっと喋ったら、ものすごく驚いていたな。最近仲良くさせてもらっているみたいなのに、おまえ、話してなかったのか？」

「げっ」

なにも知らない叔父の笑顔に向かって「勝手に話すな」と怒鳴ることもできず、脩一は言葉に詰まる。

「叔父さん、引っ越し先はまだ決まっていないじゃないか。採用通知が届いたら、とりあえずここから出ていこうと決めただけで……」

「だから、石神先生に相談したのかと思っていたんだ。あのひと、相当の地主で色々と賃貸物件も持っているんじゃないのか。持っていなくても良心的な不動産を紹介してくれそうだ」

「それは、そうなんだけど……」

石神との経緯《けいい》などなにも知らないのだから、叔父が言っていることはおかしくない。

「叔父さん、なんの用事だったのか、石神さんに聞いてくる。さっき電話をかけてみたけど、ぜんぜん繋《つな》がらないから」

「そうか」

「車を借りてもいいか?」

叔父はあっさりと頷《うなず》き、出かける脩一を見送ってくれた。

脩一はミサワ造園とペイントされた軽トラを出し、石神家へと急ぐ。日曜の空《す》いている道を走り、石神家にたどり着いた脩一は、人気《ひとけ》のない屋敷の門前で、夕方まで待ちぼうけさせられることになる。


へとへとに歩き疲れた石神は、結局、流しのタクシーを拾った。白かった足袋《たび》は薄汚れ、抱えていた封筒はよれて破れそうになっている。何時間もうろうろしたわりには遠くへ行っていたわけではなかったらしく、タクシーの料金は三千円以内だった。もしかしたら同じあたりをぐるぐる回っていたのかもしれない。

敷地を囲む白い塀《へい》にそってタクシーを停《と》めてもらい、運転手に料金を払っていた石神は、門の前に軽トラがちんまりと停まっていることに気づいた。見覚えのある軽トラの横腹には、ミサワ造園と書かれている。

「あ、あの、おつりはいいです」

石神は慌てて車を降り、軽トラへと駆け寄った。運転席からひょいと顔を出したのは、ずっと会いたいと思っていた脩一だ。どうして来てくれたのかとか、いつからここにいたのかとか、聞かなければならないことはすっ飛んでしまい、ただ会えたことが嬉《うれ》しい。

「脩一君！」

わーい、とばかりに軽トラの運転席のドアを外から開けて、脩一の腕を引っ張る。

「あんた、どこをほっつき歩いていたんだ。こんなところで何時間も待ったじゃないか」

「ご、ごめん」

言葉通りほっつき歩いていた石神は、叱《しか》られて悄然《しょうぜん》とうな垂《だ》れる。

「とにかく、待ちくたびれたから、中に入れてくれよ」

石神は急いで門を開け、軽トラをガレージに入れられるようにし、玄関も開けた。過去に何度か議論になった問題が、石神の頭にまた浮かんでくる。軽トラから降りてきた脩一に、石神はどうしても訴えずにいられなかった。

「この家の鍵を持ってくれないかな。そうすれば、こんなふうに待たせることはないのに……」

「知り合ってたかだか一年程度の馬の骨を、そう簡単に信用すんなよ」

「君は馬の骨じゃないよ。三澤さんの甥《おい》だ。身元ははっきりしている。それに、それに……私の恋人だろう」

修一は口をへの字に歪め、眉間《みけん》に皺《しわ》を寄せた。そんなに迷惑そうな顔をしなくてもいいのに。石神としては、まず鍵を渡し、自由に出入りしてもいい状態にしたあとで、ゆくゆくは同居にもっていきたい。修一はおそらく、石神のそんな思惑を察している。だから鍵は持ちたくないと言い続けているのだろう。

もし、もしも、同居してくれるなら、多少、外で浮気することくらい目をつぶろう――そう伝えてみたら、修一はどうするだろうか。

「友彦《ともひこ》、どうして携帯に出なかったんだ。家に忘れていったのか？」

「あ、あの、壊《こわ》れてしまって。書斎に置きっ放しになっている」

「壊れた？　いつから？」

「昨日の夜……」

小さく答えた石神を、修一は振り返った。

「俺に電話してきたあとで壊れたのか」

壊れたというか、壊してしまったわけだが、石神はそこまで言えずに頷くだけにとどめた。

「ふーん……」

脩一は興味なさそうな相槌《あいづち》で玄関の中に入っていく。石神もあとに続いた。朝から閉め切って人気がなかった家は、寒々としている。脩一はまずダイニングのヒーターのスイッチを入れ、電気ポットで湯を沸《わ》かしはじめた。

「あんた、食事は?」

「食べてない」

そういえば朝の外出前にカフェオレを飲んで以来、なにも口にしていない。どうもふらつくと思ったら、空腹《くうふく》でエネルギー不足だったらしい。

「俺も腹が減ったから、一緒に食おうか。芳江さんの作り置きがいろいろあるだろうから、適当に温めるぞ」

「あ、うん。任せる」

脩一は冷蔵庫を覗《のぞ》き込《こ》み、保存容器をいくつか取り出した。その様子を、椅子に座って眺める。よれよれになった茶封筒をテーブルに置くと、ずっと抱きしめていたせいか、胸元が寂《さび》しく感じた。

冷凍ご飯とクリームシチューを温め、温野菜のサラダをプラスしたシンプルな食事を終えると、脩一は風呂の用意をしてくれた。石神の着替えを準備し、脱いだ着物を衣桁《いこう》にかけてくれる。二階の寝室で今朝のまま放置してあった布団のシーツまで替えてくれた。

黙々と雑用をこなしてくれる脩一に感謝しつつも、複雑な心境に陥《おちい》る。こんなに細やかな世話をしてくれるということは、石神のことをまだ好きでいてくれているのだろうか。

「歩きまわって疲れただろう。ほら、先に入って来い」

三澤の家を辞《じ》したあと迷子になったことは食事をしながら白状させられていた。打ち明けなくとも石神の疲労しきった顔を見れば、だいたいの事情を察することはできただろうが。

「えっと、じゃあ、入ってくる」

よく一緒に風呂に入るので、今日も誘われるのかなと期待していたが、そんな気分ではなかったらしい。いささかがっかりしながら、石神は一人で風呂に入った。

今夜、脩一は泊まっていくのだろうかと疑問に思いながら、とりあえず求められてもいいように体は隅々《すみずみ》まで洗った。

いつも脩一は金曜か土曜に来て、日曜の夕方には帰ってしまう。月曜の朝からミサワ造園の仕事があるからだ。日曜の夜は泊まっていかないのが常だが、久しぶりに会った脩一を、石神はこのまま帰したくなかった。

まだなにも話をしていない。もちろん脩一のたくましい腕に抱きしめられたいという欲望もあるが、話をしたかった。雅巳《まさみ》とは、その後どうなったのか。昨夜の電話に出た男はなんなのか。どこへ引っ越す予定なのか。

そして、できれば新作を読んで欲しいと言いたい――。

湯上がりの体を浴衣に包み、石神はダイニングに置いたままだった封筒を持って二階に上がった。寝室の布団《ふとん》の上に、脩一はごろりと横になって天井《てんじょう》を見つめていた。

封筒を枕元にそっと置き、脩一の顔を覗き込む。かちっと目が合った。

「お風呂、どうぞ?」

入るなら泊まっていくことになるのかなと、ちょっとだけドキドキしながら言ってみたが、脩一は「ああ…」と返事なのかそうなのかわからない声を出して、石神をじっと見上げてくる。

「……私の顔に、なにかついているのかな……?」

「いや、いつもとおなじ、オヤジ顔だ」

がんっと頭を殴《なぐ》られたようなショックを受け、石神は「オヤジ顔、オヤジ顔」とぶつぶつ呟《つぶや》いた。脩一は布団の上に起き上がり、あぐらをかいて石神と対峙《たいじ》する格好になる。

「あんた、俺に聞きたいことはないのか?」

疑問形でありながら脩一の目は「あるだろう、あるはずだ」と石神にプレッシャーを与えている。これは、いったいどういう意味だろうか。

聞かれたことにはなんでも答えるぞ、だけど良くない話も含まれているかもな、良くない話を聞きたくなければなにも言うな――という、無言の圧力?

もし脩一が聞いて欲しくないと思っているなら、石神は聞かない。聞かないことで関係が続くなら、そっちを取りたかった。

「……聞きたいことは、別に、ないよ」

「んなわけねぇだろっ」

すぱんと頭を叩《たた》かれて、石神は唖然《あぜん》とした。大人になってから、こんなふうに頭を叩かれた覚えはない。

「そのぼんやりした頭の中で、いろいろぐちゃぐちゃと考えてるはずだ。昨夜は誰と一緒だったのかとか、引っ越しはどうなったのかとか。あと、雅巳と連絡取ってるのかどうかも、知りたいだろ」

あっさりと言い当てられ、石神はどうしてわかるのかと脩一をまじまじと見つめてしまう。

脩一はふんと鼻で笑った。

「あんたが考えてることなんて、全部わかってんだよ」

「わ、わかっているなら、どうして……」

つい恨《うら》み節《ぶし》っぽい言葉が滑《すべ》り出《で》てしまい、石神は慌てて口を閉じた。

「どうして、それからなんだ？　続きを言えよ。ほら」

「どうして……説明してくれないんだ……」

「だから説明しに来たじゃないか」

脩一は肩をすくめ、あぐらをくんだ膝《ひざ》に肘《ひじ》をつき、頬杖《ほおづえ》をついた。

「ほら、さっさと聞けよ。なにから説明して欲しいんだ？」

「そんな、片づけ仕事みたいに……」

「面倒くさいことはとっとと終わらせて、俺にはつぎにやらなくちゃならないことがあるんだよ。俺は忙しいんだ」

「今夜は、泊まっていってくれないのか？」

「いいから、早く聞けよ」

脩一が苛立《いらだ》っているのがわかり、石神は仕方なく昨夜のことから訊ねた。

「君の携帯に、知らない男の人が出たんだけど、あれはだれだったのかい？」

「小城って男だ。学生時代からの友人」

「……ただの、友人？」

「何度か寝たことはある。だが友人は友人だ。それ以上の関係じゃない」

寝たことのある友人ってなんだ？　石神は正座の姿勢を保《たも》っていられずに、へたりと横座りになった。畳《たたみ》に手をつき、規則正しい畳の目をじっと見つめる。

「おい、小城は友人だ。もう何年もしちゃいない。いまはあんただけだ」

「本当に？　昨夜は？　あんな遅い時間に君は風呂に入っていたんだろう？　その小城っていう友達と、どこでなにをしていたんだっ」

「あー……まぁ、風呂を借りたのは――」

「借りた？　いま借りたって言った？　まさか、その友達の家の風呂に入ったのか？」

ついさっき、脩一が聞いて欲しくないと思っているなら聞かない、なんて殊勝なことを考えていたくせに、石神は我慢できなくなって矢継《やつ》ぎ早《ばや》に責めていた。

「君は、君は、ただの友達の家で、深夜に、風呂を借りて……、それで、なにもなかったという言い訳が通用すると思っているのかっ」

「言い訳じゃない。マジでなにもなかった。小城は俺が風呂に入っているとしか言わなかったのか？」

「他になにを言うって？　君とセックスしたとか？」

「だーかーらー、してねぇって。いいから聞けよ、友彦！」

バンと脩一が片手で畳を叩いた。石神はびくっと肩を震わせ、絶望のあまり涙目になる。外でちょっとくらい浮気しても許すつもりだったのに。こんなふうに責める気はなかったのに。石神は自分で思っているよりもずっと、独占欲が強くて嫉妬《しっと》深かったのだ。

「あーもう、泣くなよ。説明するから」

脩一はさも鬱陶しそうにため息をつく。石神はますます悲しくなって、洟《はな》をすすった。

「昨夜は、小城と二人きりじゃなかったんだ。帆苅《ほかり》雅巳と三人で飲んだ」

「えっ？」

驚いて涙が引っ込んだ。

「どうして、雅巳と？」

まさか雅巳と深い関係になってしまったのでは――と、石神は改めて青くなる。

「雅巳に連絡を取って呼びだしたのは俺だ。でも二人きりで会うのはどうかと思って、小城に同席してもらった。そうしたら雅巳が悪酔いして、俺の服にリバースしやがった。小城のマンションが近かったから、そこで風呂を借りた。ついでに汚れた服を洗ってもらった。雅巳も小城の部屋に連れていったから、今朝まで三人一緒だった。あんたが勘繰《かんぐ》ることはなにもない。わかったか」

一息にざっと昨夜の状況を聞かされ、石神は唖然とした。

本当だろうか？　雅巳があまり酒に強くないのは知っている。悪酔いすることはあるだろう。だがどうして三人で飲んだのだ？

「……雅巳に、なんの用があって呼びだしたんだ？」

「あー……」

脩一は視線を彷徨《さまよ》わせ、ためらいながらぼそりと言った。

「あんたに未練があるみたいだったから、釘《くぎ》を刺しておこうかと思って」

「え……」

未練？　釘を刺す？　耳慣《みみな》れない言葉に、石神は混乱した。

「雅巳が、私に未練？　そんな、まさか……」

「まさかってなんだよ。あいつ、あきらかにあんた狙《ねら》いだったじゃないか。パーティー会場で、あいつは友彦しか見ていなかった。すっげー、わかりやすかっただろ」

「違う、それは違うよ。雅巳は君に興味を持っていた。君のことを格好良いって言っていたんだ。君を狙うって」

「それはあんたの気を引くために出まかせを言ったんだろうよ。実際、あいつは俺の連絡先を一度も聞いちゃいない。俺には自分の携帯番号とアドレスを渡してきたけど」

「雅巳は……ここに来た。一度」

「ああ、それは聞いた。書斎まで上がりこんだと言っていたが、本当か？」

「あ、うん」

あのとき、雅巳はどんな態度だっただろうか？

「君の連絡先を教えて欲しいと言っていた。自分の連絡先を渡したのに、ちっとも連絡がないって…。興味がありそうな目でじろじろと体を見ていたくせにって……」

「だれがじろじろ見たって？　濡れ衣もいいところだな。それで？」

「わ、私の体がどう変わったか、知りたいから相手をしろと……。そうすれば、脩一君を諦《あきら》めてもいいと、たしか、そんなことも……」

「なんだそりゃ。ガキっぽい三段論法だな。あんたはそれにひっかかったのか？」

「まさか。していないよ。君に接触しないでくれるなら、なにをされてもいいかと……ちらっとは思ったけど、私はもう君以外の人と抱き合うなんて考えられない。相手にはなれないと言ったら、雅巳は帰っていった」

「それならいいが、書斎に入ったのは本当なんだな？」

「入ったというか、無理やり上がりこんだというか……」

「キスしたって？」

「していないっ。そんなこと、絶対にしていない！」

そこはきちんと否定しなければと、石神はぶんぶんと首を横に振った。振り過ぎて眩暈《めまい》がするくらいに。

「本当みたいだな。あんたは嘘をつくと、すぐにわかるから」

脩一は信じてくれたようで、ホッと胸を撫《な》で下《お》ろす。

「雅巳のことは、とりあえず小城に任せた。俺はべつに小城に押しつけるつもりはなかったんだが、その気になったらしいから好きにしていいと言ってある。小城は本気になると周到で執拗《しつよう》だ。雅巳は当分あんたにちょっかい出す暇《ひま》はないだろう。うまくくっついてくれたらラッキーだな」

「…………は？」

雅巳が小城と、なんだって？

「つまり、雅巳に関しては、もう心配ないってことだ」

「……どうして？」

疑問でいっぱいの頭を捻《ひね》っていたら、脩一が苦笑しながら石神の腕をむんずと摑《つか》んでくる。

「あっ」と声を上げたときにはもう、布団の上に横たわった脩一に重なるようにして体を伸ばしていた。つまり、脩一の腹に乗っかった格好になっているのだ。

脩一の顔が近い。鼻の先が触《ふ》れるほどの至近距離に、石神はじわりと頰を赤く染めた。真《ま》っ直《す》ぐに、揺《ゆ》らがない視線で見つめられ、石神はうろたえる。

「しゅ、脩一、君？」

「ほかに聞きたいことは？　引っ越しについては？」

好きな男の固い腹筋の上に乗っかって、平常心でいられるほど石神は枯れていない。雅巳のことと原稿のことが重なって、ずっと脩一に抱かれていなかったことを、体が先に思い出した。下腹部が疼《うず》くように熱を孕《はら》みはじめる。まずい体勢を解消しようと腰を浮かせたら、ウエストの部分をがっしりと脩一の両手に摑まれて固定されてしまった。

「聞かないのか？　いまならなんでも答えてやるぞ」

「……ど、どこへ、引っ越す予定…なんだ……」

この恥ずかしい体勢と悲しい質問のダブルパンチ。脩一のいつものささやかな意地悪なのだろうが、石神は辛《つら》くて涙目になっていた。

「まだ決まっていない」

「え……まだ？」

ふっと喜びに口元を綻《ほころ》ばせそうになったが、引っ越し先が決まっていないだけで引っ越す予定はあるのだと、根本的なことに気づいた。

「どうして、急に引っ越しなんて……」

「急じゃない。叔父のところにいつまでも居候させてもらうわけにいかないだろう。いま物件を色々と当たっているところだ」

「探さなくても、ここに来てくれって、何度も言っているじゃないか」

拒まれるたびに石神は少しずつ傷ついていた。そんなに嫌なのかと、そんなに生活を共にしたくないのかと。

「俺はあんたのヒモになるつもりはない」

「そんなこと、私も芳江さんも思わないっ」

「あんたたちが思わなくとも、はたから見ればそうとしか思えないだろう」

「脩一君っ」

「それに、ここでは通勤に不便かもしれない」

脩一の口からはじめて聞く言葉に、石神は目を丸くした。

「通勤？　どこかに勤めるのか？」

「そのつもりだ。もう面接まで済ませた会社があって、そこからの採用の知らせを待っているところだ。入社できたら、通勤に便利な場所に住みたい」

そんな話、いまはじめて聞いた。再就職なんて大切なことを、どうしてなにも相談してくれなかったのか。そんなに自分は頼りない男だろうか。相談するほどの関係ではないということか——。

「ど……どうして、話してくれなかったんだ……？　私は、なにも知らなかった……」

「そりゃ話してないんだから、知らないだろうな」

脩一はなんでもないことのようにさらりと受け止め、ふふんと笑った。

その笑みに、石神はむかむかしてきた。脩一の胸についた手が小刻みに震えてくる。怒りとともに込み上げてくる涙が、いまにもこぼれ落ちそうなほど溜まった。

泣く。泣いてしまう。めそめそではなく、大声を上げてわあわあと泣きそうだ。そんな自分を見られたくなくて、石神は脩一の腕の中から逃《のが》れようとしたが、もがけばもがくほど拘束《こうそく》が強くなってくる。

「放せ、放してくれっ」

「今度は俺が質問する番だ。あんたは、今朝、うちになにをしに来たんだ？」

「もうどうでもいい、そんなことっ」

「どうでも良くない。俺に用事があって、わざわざ朝っぱらから訊ねてきたんだろう？」

「わかったからもういい。わかったからっ」

「なにがわかったんだ？」

「どうせ、どうせ私はそのていどの存在なんだ。君にとって、私は大切なことを話す価値がない、気が向いたときにだけセックスしにくるだけの、都合のいい、どうでもいい存在なんだっ」

「おいおい、なに自虐《じぎゃく》的なことをほざいているんだ」

いきなりぐるりと体勢を入れ替えられ、石神は脩一に組み敷かれていた。両手をひとまとめに片手で押さえつけられ、もう片手で顎《あご》を強く摑まれる。

怖いほど鋭い視線で正面から睨《にら》みつけられ、石神は息を飲んだ。脩一が怒っている。怒らせてしまった。でもなにに怒ったのだ？　いろいろと言ってしまったから、どれが逆鱗《げきりん》に触れたのかわからない。

「友彦、あんたは自分のことが本当にわかっていないんだな。あんたのどこが都合がいいって？　あんたほど面倒くさい男はいないぜ？　どうせ相談したらしたで、あんたは上手《うま》いアドバイスができないとか、俺の役に立てないだとか、ぐちぐちと悩むに決まってんだ。違うか？」

「そう、かもしれないけどっ、私は、君のことならなんでも知っておきたかったっ」

「だからいまこうして、一から説明してやってんだろうが」

「もっと早く説明して欲しかったよっ」

「うるせぇ。とっとと俺の質問に答えろ！」

「え………」

なんだったっけ。

「今日の行動の理由だっ」

「あ、そうか」

石神はちらりと布団の横に置いた茶封筒を見た。脩一もつられたようにして視線を動かす。

「あれを、君に渡したくて……」

「なんだ？」

「新作の原稿……。昨日の夜、書きあげたばかりで、まだ推敲《すいこう》もできていないんだけど、君に読んでほしかったから……」

「それでわざわざ朝っぱらから？」

こくりと頷《うなず》くと、脩一が石神から離れて、封筒に手を伸ばそうとした。慌てて制止する。

「待、待ってくれ。私の目の前で読むのだけは勘弁して欲しい。あの、今回の話は、恋愛小説なんだ」

「恋愛小説？　児童文学じゃないのか」

「私が行き詰まっていたから、稲垣君が、書いてみないかって……。それで、はじめてだったけど書いてみた。男女の、ごく普通の恋愛模様なんだ」

「へぇ…。そんなふうに言われたら、ますます読みたくなるな」

「だから待ってって。あとで、持って帰って読んでくれ。恥ずかしいからっ」

「どうして？　激しいセックスシーンでもあるのか？」

「そのもののシーンはないけど、ぼかしては書いてある。そういうことじゃなくて、その、無断で申し訳ないけど、君と私のことをモデルにしている部分が多々あって」

「ああ、そういうこと」

　脩一は頷いて、ニヤリと意地悪く笑った。

「俺たちのこと、どんなふうに書いたんだ？」

「だからそれは、読んでもらえればわかるから……」

　石神は全身に嫌な汗をかきながら、なんとか封筒を手の届かない場所に押しやろうとする。

「変なやつだな。いま読んでも、あとで読んでも一緒だろうが」

「だから、私の前で読むのだけは勘弁してくれ。君への想いが、全編にあふれているんだっ」

　真っ赤になりながら叫ぶと、脩一がぴたりと動きを止めた。まじまじと顔を見つめられ、石神は背を向けて、体を丸めるようにして視線を拒む。

「これを、読んでもらえたら、私の真剣な想いが伝わると思って、今朝、持っていったんだ。私には、小説を書くことしかできないから……」

　背中に脩一の体温がかぶさってくる。つかまえる強さではなく、愛しいものを抱きしめるように優しく、腕が巻きついてきた。耳元にそっと、「友彦…」と囁《ささや》かれて、石神の全身からふっと力が抜けた。

「新作には、俺への愛が詰まっているってわけだ」

改めて、確かめるように言われると、猛烈に恥ずかしい。でも、その通りだ。首筋まで真っ赤になって、石神はこくんと頷く。

「友彦、知ってたか？　俺はあんたに夢中なんだぜ」

嘘。嘘だ。脩一は若くて格好良い。石神と違って相手はより取り見取りだ。それなりに恋人として扱ってくれているのはわかっているが、一回り以上も年上の男に、夢中になるわけがない。

「過剰《かじょう》なリップサービスは必要ないぞ」

「あんたは、どうしてそう自信がないかな……」

ムッと口を引き結んでいる石神の表情を見て、脩一はため息をついた。

「はっきり言って、あんたは俺の好みのタイプとはかけ離れている。いまさら言わなくても知っていると思うが」

だったら言わないで欲しい。傷に塩を塗《ぬ》りこめるような真似をしなくても、もう十分ダメージをくらっている。

「でも、俺はあんたともう一年近くも続いている。この期間、俺は一度も浮気をしていない。

もともと特定の相手をつくったら、よそでつまみ食いをする人間じゃないんだがな」

浮気をしていない？　本当に？　一度も？

「好みのタイプじゃない友彦と続いていて、そこそこ満足しているんだ。しかも、このまま続いていけば良いとも思っている。それがどういうことか、あんた、ちゃんとわかっているのか？」

「えっと……」

それって、つまり……。

「就職だって、あんたがいるから、自立したいと思ったんだ。相談しなかったのは、あんたの力を借りなくても自力でできるところを見せたかった。年下男のプライドってもんを、あんた・は少し察するべきだ」

年下男のプライド――。石神が年上であることにコンプレックスを抱いているように、脩一も年下であることが引け目になっているのだろうか。

「あんたは立派な賞をもらうほどの作家だし、資産家でもある。なのに俺は定職についていないプーで、なにも持っていない。せめて就職して、きちんと足場を固めて、すこしでもあんたに釣り合う男になりたいと、結構前から考えていた」

「脩一君……」

世間的な釣り合いなんて、石神の発想にはなかった。脩一が庭師見習いのままでいることを、石神はまったく気にしていなかったのだ。脩一は自分自身の劣等感については、なにも口にしていないし――いや、言わなかったからわからなかったというのは石神の甘えだ。大人なのだから、いましがた、察するべきだと脩一が口にした通り、石神が気づくべきだった。

「………すまない……。私はそこまで深く考えてなかった。表面的にしか理解できていなくて……。自分の頭の悪さに絶望するよ……」

「反省してくれればいい。絶望まではする必要ないから」

ああもう、と脩一が抱きしめる力を強めた。

「どうしてこうネガティブな四十男とつきあっているんだろな、俺は」

「……すまない……」

「身の回りのことはほとんど自分でできなくて、すぐに落ち込んで仕事ができなくなって、対人関係の要領は悪くて……」

「す、すまないって言っているだろう」

「あんたみたいな男、俺ははじめてだよ。ここまで揃っていると珍しいんじゃないかな」

「君は、人を天然記念物みたいに……っ」

もう黙ってくれと振り向こうとしたら、うなじに脩一の唇《くちびる》を感じた。柔らかな唇にちゅうと吸われて、背筋がぞくぞくっとする。湯上がりに着ている浴衣は、襟《えり》が緩《ゆる》い。ぐいっと広げられて、肩のあたりまで露《あらわ》にされた。尖《とが》った肩に甘く歯を立てられる。

「あっ……」

思わず鼻にかかった声を漏《も》らしてしまい、石神は慌てて口を手で覆った。

「声、聞かせろよ」

「でも、あっ」

緩みきった合わせから脩一の手が入ってきた。すぐに乳首を探り当てられ、指先で転がされるようにされると、じんっと痺《しび》れが広がっていく。いつもたっぷりと弄《いじ》られる乳首は勝手に期待して、ぷくりと立ちあがった。そこをさらに指先で摘《つ》まむようにされ、石神はのけ反《ぞ》った。

「あっあっあっ、あうっ」

「ひさしぶりだからか？　反応がエロいな。もう硬くなってるじゃないか」

いつのまにか浴衣の裾《すそ》ははだけ、足が剥《む》き出《だ》しになっている。そこに脩一のもう片方の手が入りこみ、布地の上から股間《こかん》をぎゅっと握ってきた。

「なんだ、もう濡れているのか？　早いな」

「だっ、だって……」

ひさしぶりなのだ。かなり、飢《う》えている。

脩一の手の中で、石神はまたたくまに限界近くまで熱くなってしまい、強めにぐいぐいと揉《も》まれただけで、危うくいってしまいそうな快感に慌てた。十代から二十代の性欲旺盛な時期じゃあるまいし、四十過ぎでこんなに早くいったら恥ずかしすぎる。石神はなんとか歯を食いし

ばって耐えた。

「あんた、自分がどんなに希少価値の高い人間か、わかってないよな。ネガティブで面倒臭いけど、そこにまたやりがいがあるっていうか、庇護《ひご》欲をそそるっていうか」

「な、なに、わけのわからないっ」

ごちゃごちゃと呟きながらも脩一は手を休めない。下着の中にするりと侵入してきた手は、勃《た》ち上《あ》がっている性器ではなく、その下の袋に触れている。

「これ、好きか？」

執拗に乳首を嬲《なぶ》られながら、二つの袋をきつめに揉まれた。

「あぅ、あっ、あ、あ、あ、うっ、く……っ」

腰がとろけそうな快感に喘《あえ》ぎがこぼれる。口が開きっ放しで閉じることができない。ひっきりなしに声が出た。

「ほら、こんなふうにとろとろになってあんあん言っちゃうギャップもたまんねぇんだよ」

「あ、あんあん、なんて言ってないっ」

泣きそうになって抗議したが、脩一に聞き流されてしまった。

「友彦、うつ伏せになって、俺に尻を見せな」

屈辱《くつじょく》的な命令を、脩一は当然のように下す。辛い気持ちと、これから施《ほどこ》される快楽に対する期待が入り混じった複雑な心境になりながら、石神はのろのろと体の向きを変えた。布団に手と膝をつき、脩一に尻を向ける。

「自分で浴衣をめくれ」

浴衣の生地をたぐり寄せ、下半身を露出させた。羞恥《しゅうち》に震える尻を、脩一の大きな手が無慈悲にも割り開く。最後に抱かれたのは受賞パーティーの夜だ。あれからもうずいぶんと時間がたっているせいで、石神のそこは慎《つつ》ましく閉じている。

「あんた、俺に会えないときも、ここをちゃんと手入れしておけよ。しっかり閉じてて、すぐ入れられないじゃないか」

「すまない……」

どうやって手入れすればいいのか、さっぱり見当がつかなかったが、とりあえず謝っておくしかない。続きをしてもらうためには、どこまでも下手《したて》に出る石神だ。

「あっ」

そこにぬるりと生温かくて柔らかいものが這《は》いまわる。舐《な》められるのははじめてではなかったが、何度されても慣れることはできない。谷間をねっとりと舐められる快感は、脩一に教えられた。こんなところを大好きな人に舐められて気持ち良いなんて、背徳感で胸がいっぱいになる。脩一は石神のそこに執着をみせ、いつも蕩《とろ》けるまで舌や指で嬲ってくれる。おかげで、石神のそこは立派な性感帯のひとつに開発されてしまった。

唾液《だえき》でびしょびしょにされて綻《ほころ》びはじめたそこに、脩一の長い指がぬくっと入ってきた。

「ああっ」

ぬくっぬくっと内襞《うちひだ》を擦《こす》るように出し入れされ、石神は快感に悶《もだ》え狂《くる》った。貪《むさぼ》るように脩一の愛撫《あいぶ》を受け止めて感じている。

挿入されている指はすぐ二本になり、開かれる快感に、石神はシーツに縋《すが》りつくようにして両手でたぐった。白い布に波紋に似た模様を描く。放ったらかしにされている性器は、あと一撫でで達せそうなほどに張り詰めている。開いた先端からは、ひっきりなしにぽたぽたと白濁《はくだく》まじりの先走りがこぼれていた。

扱《しご》いて吐き出したい。痛いくらいに扱くのがちょうどいい。我慢するのは辛かった。

自分の股間にそろそろと右手を伸ばす。目的のものを摑む寸前で、脩一が「おい」と咎《とが》めてきた。

「勝手に触《さわ》るんじゃねぇよ。俺は許可してない」

「でも、もう……っ」

「いかないように根元を押さえるだけならいいぞ」

「そ、そんな……」

酷《ひど》いと涙ぐみながら、言われたとおりに性器の根元を指でぐっと押さえた。欲望の塊《かたまり》が出口を求めて、腰の奥をぐるぐる暴れまわっているようだ。

「ああ、良い感じに解《ほぐ》れてきた。ほら、指が三本入るようになったぞ」

「あぅ、うっ、う、んっ」

ジェルを使っていないのに、石神のそこは唾液だけで濡れ綻び、脩一の指を三本も受け入れている。中の感じる場所を中途半端に擦られて、もどかしい快感にいつしか尻を振っていた。

「脩、脩一君っ、お願、もう、もうっ」

欲しい、そこに固くて大きなものが欲しい。脩一の熱いものを突き入れて欲しい。待《ま》ち焦《こ》がれてぬるぬるになった粘膜を、思い切り擦って抉《えぐ》って欲しい。石神の頭の中は、それだけでいっぱいになっていた。他には何も考えられない。

「友彦、どうして欲しい？　俺になにをして欲しいんだ？　言ってみろ」

「そこに、入れてくれ。お願い、だから、君を入れて…っ」

「俺のなにを入れて欲しいって？」

ときどき脩一は意地悪をして、それそのものの単語を言わせたがる。石神が羞恥に苦しむ様子が楽しいらしい。どうしてそんな意地悪をするのかと問えば、その方が石神が感じるからだと断言されて唖然とした。

「ここに、なにを入れて欲しいんだ、友彦？」

「あ、あ、あ………」

熱く熟《う》れた粘膜《ねんまく》が、きゅうきゅうと脩一の指を締め付けている。ちがうものが欲しいと。もっと長くて太くて熱くて、力強く脈動するものをくわえこみたいと。

「君の、――――を、入れてくれ……」

震える声で泣きながら吐き出した単語に、脩一は満足したようだった。指がそこから抜かれる。背後で衣擦《きぬず》れの音がしたあと、脩一の素肌が背中に覆いかぶさってきた。覚えのある体温に、期待が一気に高まる。脩一を欲しがってひくひくと蠢《うごめ》いているそこに、望んでいるものがあてがわれた。

「これか？」

石神は必死でこくこくこくこくと何度も頷く。

「ゴムをつけていないが、ナマで入れても良いのか？」

「いい、いいからっ」

「中出ししてもいいか？」

「何度でも、出してくれっ」

「何度もする気かなのか。欲張りだな」

「あとで、洗ってくれるか？」

ゴムなしでセックスして中出ししたときは、いつも事後に風呂で洗ってくれる。優しく洗われるのが、石神は恥ずかしいけれど好きだった。

「いいぜ、洗ってやる。中まで、きれいに、洗ってやる。精液を指でかきだしてやろう」

「あ……っ」

じりじりと少しずつ押し込まれてくる。じれったいほどゆっくりと粘膜を開かれて、石神は喉《のど》を反《そ》らして悩ましげに眉《まゆ》を寄せた。脩一はどんなに意地悪なセリフを吐いたとしても、石神の体に傷をつけたことはない。挿入するとき、細心の注意を払って、腰を進める。

大切にされている。好かれている。そう感じることができる、石神にとって至福の瞬間でもあった。

「ああっ」

ぐっと根元まで入れられた。指では届かなかった最奥まで、脩一がいっぱいに詰まっている。

「……くっ……、いいな、あんたの中……、やっぱ、良いよ……」

脩一が石神の背中に、艶《つや》っぽい吐息とともに感嘆の声をこぼした。こんな体だが、褒《ほ》められて嬉しくないわけがない。喜びに、粘膜がきゅんと反応したのがわかった。

「生意気にも俺を締め付けてきたぞ」

ずるっと引かれ、離したくないとそこが縋りつくように蠕動《ぜんどう》するのがわかる。ぐっと突かれると、今度はどこまでも柔らかく受け止めた。たまらなく感じるところをわざと擦られて、石神は背中を撓《しな》らせた。

「ああっ、ああっ、いいっ、脩一く、んっ」

「ちくしょう、エロい声、出すんじゃねぇよっ」

自分の声のどこがどうエロいのかわからない。鼻にかかった、甘えたような声が、繋《つな》がったところを突かれるたびに押し出されるようにして唇からこぼれてしまう。これがエロいというのだろうか。でも出さないように我慢することは、とても、とても難しかった。

「くそっ、もうヤバイ……」

脩一の荒い呼吸が耳にかけられる。上気して赤くなっているだろう耳に、脩一が噛みついてきた。セックスのとき、脩一はこうして石神の耳に歯を立てたり、唇で挟《はさ》んできたりする。赤く染まった耳たぶが、そそるらしい。何度もセックスのたびにそうされていると、耳を嬲られることがあたりまえになってくるから不思議だ。噛まれて痛いはずなのに、石神は全身をぞくぞくと震わせた。

「あ、あ、あ……脩一くん、しゅう、いちっ」

チッと脩一が舌打ちする。放っておかれていた石神の屹立《きつりつ》を、脩一の大きな手が包みこんできた。腰の動きに合わせて性器を扱かれ、石神は身も世もなくすすり泣く。

「あーっ、あんっ、んっ」

「友彦……っ」

「い、いく、も、もうっ、だめっ」

「俺も、もう、ヤバイ」

「あっ、あっ、あ、あ、あ、あ、――――っ！」

頭の中が真っ白になった。前と後ろ、同時にいっていた。がくがくと全身を痙攣《けいれん》させながら、石神はシーツに体液をこぼし、後ろをぎゅうぎゅうと絞《しぼ》り上《あ》げた。

「くっ」

脩一の呻《うめ》きとともに、最奥に熱いものが叩きつけられる。脩一もいったのだと、朦朧《もうろう》としながらも満たされた気持ちになった。

達したあとも、繋がったまましばらく動かないで、布団に横たわっていた。本当に久しぶりのセックスだった。身も心も満たされて、石神はぼうっとしたまま思考が戻ってこない。背中を密着させているので、脩一の鼓動がしだいに平常に戻っていくのがわかる。

だが繋がったままの後ろでは、脩一のそれが萎《な》える気配はなかった。若さというのは素晴らしい。抜かずのナニなんて卑猥《ひわい》な小説やAVの中でだけ存在している行為だと思っていたが、そうではなかったのだ。

「友彦……」

「……なに」

「もう一度、いいか」

聞きながら、脩一の腰はすでにじりじりと動いている。小刻みな揺れに、石神は「あぁ…」とうっとり目を閉じた。

「いいよ、好きに、していいから」

本心からの言葉だが、脩一は息を詰め、またもやチッと舌打ちした。

「あんた、性格悪いな。そんなふうに言われたら、俺が止まらなくなるのわかってるだろう。年甲斐《としがい》もなく、がっついちまうんだよっ」

やけくそ気味に言い放つと、脩一は石神の片足をぐいっと上げ、強引に向かい合わせの体位にもってきた。石神の両足を持ち、体を二つに折るような体位を取らされ、苦しさに顔を歪ませた。

「脩一く、これ、いやだっ」

「いやもくそもねぇよ。あんた、これで突かれると失神するくらい感じるんだろ」

だから嫌なのに。以前、この体勢で延々と粘膜をかき回され、石神は気が遠くなったのだ。

「ほら、よがれよ。あんたの感じてる顔、最高に良いんだからさ」

「あっ、んっ、いや、やだ、あーっ、あっ、ひ、いいっ」

浅いところをぐいぐいと太いもので擦られて、石神は涙を零しながら悶えた。深い官能に、石神は怯えながらも脩一の激しさを受け止める。

「ああもう、マジで、いいよ、あんた……」

「あーっ、あっ、ひ、んっ、いく、またいく、うーっ」

「何度でもいけよ。さっきも半分ドライだっただろ」

「あっあっあっ、んっんっ、んーっ」

「くそっ、こんなオヤジが可愛《かわい》く見えるなんて、末期だ。おい、俺をこんなふうにした責任を取れよ。聞いてんのかっ、友彦っ」

「いく、いく、いいっ、ああっ、あっ、いー……っ」

なにもわからなくなる。立て続けに射精を伴わない絶頂に押し上げられ、石神は無意識のうちにしがみついていた脩一の腕に爪《つめ》を立てた。

何度目かのセックスの最中に、限界を越えていた石神は、すうっと眠るように意識を手放した。


細く鳴り続けている携帯電話の呼び出し音に、脩一《しゅういち》は無理やり覚醒《かくせい》させられた。

マナーモードにするか電源を切るかしておかなかった自分のミスだが、腕の中に全裸の恋人を抱《かか》えている状態で電話に出たくない。だが壁の時計を見ると夜中の三時だ。こんな時間に鳴らし続けているということは、なにか重大な事件でも起きたのかもしれない。

実家か、叔父《おじ》になにかあったのならコトだと、脩一はそっと眠っている石神《いしがみ》の頭を腕から下ろした。つい、涙のあとが残る顔をじっと見つめる。最後は失神して、そのまま深い眠りに落ちてしまった石神だ。脩一なりに、ひさしぶりのセックスでいじめ過ぎたかと反省している。

脩一も裸だったので脱ぎすててあったシャツと下着を急いで身につけ、ズボンのポケットから携帯を取り出した。

鳴りやまない携帯の液晶部分を見て、脩一はがくりとうな垂《だ》れる。雅巳《まさみ》の名前があった。相手が雅巳だとわかっていたら無視したのに。

しかたがないなと、通話のボタンを押す。とたんに雅巳の大声が飛び出してきた。

『あんた、いったいなに考えてんだよっ！』

スピーカーにしていないのに部屋に響き渡るような音量だ。石神が起きてしまわないかと、脩一は布団《ふとん》をちらりと振り返る。

「こんな時間になんだ」

『そうだよ、こんな時間だよ！ 俺、俺は……こんな時間まで放してもらえなかったんだぞ！』

「えっ……？」

脩一は小城《おぎ》の優しげな笑顔を思い浮かべ、ぎょっとした。

『よくも俺を小城の部屋に置いていったな。一生あんたを恨《うら》んでやる！ あんな鬼畜男に俺をあてがいやがって！』

「あー…、その、小城にやられちゃった……？」

ははは、と乾いた笑いをまじえて軽く聞いてみたら、返ってきたのは涙声だった。

『や、やられた、どころじゃない…っ。俺、ネコは経験ないって言ったのに、あいつ、散々弄《いじ》り倒《たお》して、もう、俺のケツはがばがばだよっ』

雅巳は相当のショックを受けているようだが、脩一は笑いが込み上げて仕方がなかった。あの高慢な雅巳が、ビジュアル的には格上のおっとりとした雰囲気の小城に押し倒されて突っ込まれたなんて、笑えるではないか。

「それで、おまえは泣く泣く逃げてきたってわけか」

『逃げてないっ。まだ小城のとこなんだよ。なぁ、助けてくれよ』

「は？　拉致《らち》監禁か？　仕事はどうした？」

いくら気に入ったからといって、小城は人を監禁するような非常識人ではないと思っていたが──。

『仕事は今日休みを取ってあったんだ。日曜日に休むのは大変なんだぞ。でもあんたが土曜の夜に呼び出すから……。明日…っていうか、もう今日だけど、当然仕事がある。着替えたいし、外泊するつもりなかったから、俺、自分ちに帰りたい。小城をなんとかしてくれよ』

「仕事には行かせてもらえると思うぞ。小城だって仕事があるし」

『うん、まあ、それは……。朝、勤務先まで送ってくれるって言うんだ。それで帰りも迎えに来るって』

小城はかなり雅巳を気に入ったらしい。送迎をかってでるとはすごい。

『迎えに来るってことは、今夜もまたここに連れてこられるってことだろ。俺、やだよ。体がもたねぇよ。小城を止めてくれよっ』

「んー……、俺としては小城の機嫌を損《そこ》ねたくないんだよな。就職活動を助けてもらったから。悪いな。一人で対処してくれ」

『そんなぁ。おまえの友達だろっ』

「じゃあな」

『おい、たすけ……』

無情にも脩一は通話をぶちっと切ってしまった。なんだかんだ言っても、お似合いかもしれない。がばがばになるまでセックスしたなら、体の相性は良かったのだろう。

雅巳は小城に任せておけば大丈夫だな、脩一は鼻歌でも歌いたい気分になりながらズボンを履《は》いた。すっかり目が覚めてしまったので、かなり早いが起きようと思う。

電話しながら視界に入った茶封筒が気になったのだ。石神の新作が入っているらしい。わざわざ脩一に読ませるために、叔父の家まで持っていったのなら、よほどの思い入れがあるのだろう。

石神が起きるまで時間はたっぷりある。ゆっくりじっくり読ませてもらおうと、封筒を引き寄せた。


ふと目が覚めた石神《いしがみ》は、見慣れた寝室の天井《てんじょう》をぼんやりと眺《なが》めた。

いま何時だろうと、時計を見るために体を動かそうとし、全身を襲った鈍痛《どんつう》にぴたりと制止する。下半身のあらぬところが、地味に痛みを発している。それに体のあちこちが筋肉痛のように軋んでいた。しかも布団《ふとん》の中で全裸だ。

そういえば、脩一《しゅういち》とひさしぶりに抱き合ったのだった。若い脩一はブランクを埋《う》めようとでもするかのように、激しく何度も挑《いど》んできた。何回セックスしたのか、石神は途中で失神したらしいので、よくわからない。

壁の時計を視界に入れることができ、まだ早朝と呼べる時間帯であることを知った。

その脩一はどこへ行ったのだろうかと、ゆっくりと体を起こしながら寝室を見渡す。意外にも脩一は近くにいた。服を着て、部屋の隅《すみ》にあぐらをかき、石神の原稿を読んでいた。

カーテンからこぼれる朝日を借りて、静かに紙をめくっている。いつから読んでいたのか、残りはもうわずかだ。石神は脩一の反応をどきどきしながら待っていた。

息を殺して見守っていると、ほどなくして脩一は最後のページを読み終えた。しばらく動かないで、脩一はなにかを考えるようにして虚空《こくう》を見つめている。やがて原稿を茶封筒にしまうと、両手で自分の顔を覆《おお》った。大きくため息をついた脩一の耳が、じわりと赤くなっていく。

「………脩一君、あの、おはよう………」

「おはよう」

「読んでくれたんだね。ありがとう」

どうだった？　と聞きたいけれど、脩一の真っ赤になった耳を見ていたら、聞いてはいけないように気がしてくる。そんなに恥ずかしい内容だっただろうか。女性向けファッション誌に掲載するのはまずいだろうか。

「友彦《ともひこ》……」

「なに？」

脩一は両手で顔をごしごしと擦《こす》り、指の間からちらりと石神を見てきた。

「あんた、俺のこと、そうとう好きなんだな」

改めてそんなことを言われるとは予想していなかった。石神も恥ずかしくなって掛け布団を目の下あたりまでずるりと引き寄せる。

「友彦、真剣な話、俺がいないと、生きていけないか」

「うん、そうかも」

なんの疑問を抱くことなく、石神は頷《うなず》いた。

「俺のすべてを独占したいか」

「うん…」

「そのうえで、俺の意思を尊重できるか」

「努力する」

「よし、わかった」

脩一はため息をつきながら、顔を覆っていた手を外《はず》した。若干《じゃっかん》、赤みが残る顔を石神にひたと向けてくる。

「採用されたとしたら、新しい職場から少し遠いがしかたがない。近いうちに、この家に越してこよう。部屋を用意してくれ。どこでもいい」

「えっ、本当？」

石神はびっくりして起き上がった。一糸《いっし》まとわぬ全裸でいることを忘れて。

「ほんと？　本当に？　ここに来てくれるのか？　一緒に暮らしてくれるのか？」

「こんな小説を書かれちゃ、あんたの望みを叶えたくなるってもんだ。いいよ、同居しようぜ」

「ありがとう、脩一君っ！」

裸のままバンザイをする石神の肩に、脩一はしわくちゃになっていた浴衣《ゆかた》を着せかけてくれる。石神の喜びように苦笑しながら。

「ただし、生活費をいくらか出す。いいな」

「わ、わかった。芳江《よしえ》さんにそう言っておく」

「俺のために離れを建てたり、リフォームしたりする必要はない。高価な贈り物もいらない」

石神は一言も聞きもらすまいと、大真面目《おおまじめ》に話を聞いた。

「俺はあんたの財産が目的でここに引っ越してくるわけじゃないからな。あんたのことが好きで、あんたも俺のことを好きだからだ」

「うん、うん」

本当に来てくれるんだ——と、石神は幸せを噛《か》みしめる。毎朝、一緒にご飯を食べられるし、曜日を気にすることなく一緒に眠ることができるのだ。セックスしない日は、手を繫《つな》いで眠りたい。

そうだ、寝室を共にしてくれるだろうか。できればここで一緒に眠って欲しいのだが。

「あの小説、いいな」

「本当に？」

「リアルな部分がありつつも、悲しい現実はコメディタッチにぼかしてあったりして、でも主人公のどきどき感は伝わってきた。面白《おもしろ》かったぜ」

「ありがとう」

コメディタッチにしたつもりはないので石神は首を捻《ひね》りつつも、とりあえず感想はありがたく受け取った。

「あの、これからも、よろしくお願いします」

はだけた浴衣のままで締《し》まりはなかったが、石神は布団の上に正座して、深々と頭を下げた。

脩一もおなじように居住まいを正し、笑いながらも「よろしく頼む」と頭を下げてくれる。

石神は、幸せすぎる朝に胸を震わせ、しっとりと瞳を潤《うる》ませた。

翌月から、月刊の女性ファッション誌に彦神《ひこがみ》トモイの初恋愛小説が掲載された。

リアルな現実問題と、恋する乙女の普遍の悩みがストレートに書かれており、主人公の紀久《きく》子《こ》と同年代の女性たちの共感を呼んだ。掲載三回を過ぎたころには、連載終了後に単行本化されることが決定した。

児童文学だけでなく恋愛小説もいけると、担当の稲垣《いながき》が石神の今後に期待をしたのは、言うまでもない。

あとがき

名倉和希

こんにちは、はじめまして、名倉和希《なくらわき》です。

ディアプラス文庫二冊目になります「耳たぶに愛」を手に取ってくださって、ありがとうございます。いかがでしたでしょうか？　こんなキワモノ！　と投げないでくださいね。真剣な純愛ストーリーです。ただ受が四十歳を過ぎていて、攻が二十代なだけです……。

一冊目の「はじまりは窓でした。」も年下攻でしたが、今回もです。すみません。ホントに。だって好きなんです…。文庫にしてもらえて、とっても嬉しいです。ええもう、小躍《こおど》りしちゃうくらいに嬉しいです。

しかもイラストは佐々木久美子《ささきくみこ》先生ですよ。オヤジを描かせたら右に出る人はいません！雑誌掲載のとき、佐々木先生が描いた石神《いしがみ》のあまりの色っぽさにくらくらしました。これはもう脩一《しゅういち》がよろめいても仕方がありません。だれだってふらふら近づきたくなってしまうでしょう。石神に自覚がないのが、なお良いですね！

オヤジを書かせてくれたディアプラスの編集部には感謝です。他社では絶対にNGですから。これからも書かせてください……。よろしくです。

さて、今回のあとがきは、なんと五ページもあるらしいので、そんなにネタがない名倉はショートストーリーを書いてごまかそうと思いました。

石神と脩一の日常はただイチャイチャしているだけのような気がするので、もうちょっと緊張感のあるカップルを書いてみます。ええ、石神の元カレ・雅巳《まさみ》と、脩一の元カレ・小城《おぎ》です。

小城は相手によってどちらにでもなれるという便利な男なので、脩一を相手にしていたときは受だったのに、雅巳のときは攻です。鬼畜です。いいっすねー。

それでは、ショートをお楽しみください。みなさん、またどこかでお会いしましょう。


職場である外資系ホテルの裏口からそっと外を窺《うかが》い、帆苅《ほかり》雅巳《まさみ》は小城《おぎ》が迎えに来ていないかどうか確認した。時刻はほとんど深夜と呼んでもいいくらい遅い。きちんと整備された道路はときおりタクシーが通るくらいで、人気《ひとけ》はまったくなかった。

ホッとして雅巳は道に出て、夜道を歩きだす。これで三日連続、小城は迎えに来ていない。イタリアに出張だと三日前にメールで知らせてきた。ちなみに帰国日は聞いていない。

小城に無理やり抱かれてから一ヵ月ほどが過ぎていた。どういう手段を使ったのか、小城は雅巳のシフトをほぼ正確に把握しており、毎晩、的確な時間に裏口で待っていた。雅巳は強制的に小城のマンションに連れていかれ、セックスするという日々。そんなにマッチョでもないのに、小城に押さえつけられると雅巳は抵抗しても逃《のが》れることは無理で、そのうち気持ちよくなってしまうという最悪のパターンを繰り返していた。

十代半《なか》ばでゲイだと自覚した雅巳だが、以来ずっとタチだった。小城に抱かれるまでは、自分がネコの役目を押しつけられるようになるなんて考えてもいなかったのだ。だが、慣れというのは恐ろしい。いつのまにか、挿入されて感じる体にされていた。

でもでも、やっぱり嬉しくない。小城のようにきれいな男は、かわいらしく媚《こ》びて、たくましい男に組み敷かれていればいいのだ。雅巳をわざわざ抱く必要なんてない。実際、脩一とつきあっていたときはネコだったそうだ。おとなしくネコに徹していればいいものを。

「雅巳、おかえり」

不意に背後から声をかけられて、雅巳は飛び上がった。聞き覚えのある声に、ぎくしゃくと振り返る。白いコートを着た小城が、鮮やかな微笑を浮かべて立っていた。まだ帰国していないと安心したあとなだけに、ダメージは大きい。雅巳はがくりと肩を落とした。

「いつ、帰ってきたんだよ……」

「ついさっき。成田から直行だ。イタリアには一日しかいなかったんだよ。近来まれに見るハードスケジュールだったな。君の顔を見たくて、急いで帰ってきた」

にっこりと微笑《ほほえ》まれて、雅巳はうんざりした。小城の笑顔は嫌いだ。なまじ整っているだけに、笑うと輝くような眩《まぶ》しさを放つ。でも殊勝な言葉の裏では、絶対に雅巳を馬鹿にしているのだ。何年も前にふられた石神《いしがみ》にアタックしたり、嫌だいやだと拒絶しながらも小城に抱かれれば気持ちよくなったりしてしまうから。

「ねぇ、今夜は君の部屋に行っていいかな。僕の部屋は三日も留守をしていたから、空気がこもっていると思うんだよね」

「俺は一人で帰る。ついてくるな」

「どうして？　三日ぶりに会えたのに、つれないね」

早足で歩きはじめた雅巳のあとを、当然のように小城はついてくる。

「僕は早く君を抱きたいな。またとろとろにしてあげるよ」

「俺はあんたに抱かれたくない。ついてくるなって言ってるだろ」

「正直じゃないなぁ。ほとんど毎晩のようにセックスしていたのに、三日も空《あ》いたんだよ。君の体は欲求不満になっているはずだ。マスターベーションなんかじゃ満足できないだろう？」

図星をさされて、雅巳は真っ赤になった。足を止め、小城を振り返る。

「うるさいっ！　黙れ！　あっちへ行け！」

まるで子供のようだ。だが小城を相手にすると、どうしても語彙《ごい》が少なくなってしまう。頭に血が上《のぼ》るのだ。冷静になれなくて、言葉がうまく出てこなくなる。

怒鳴ったのに、小城はふわりと微笑んだ。天使のようでありながら、瞳の奥にはなにか不穏な気配を秘めている。

「拗《す》ねているのかな？　三日前、出張の知らせをメールで伝えたのがいけなかった？　もっと前にわかっていたのに、当日の朝にメールで済ませたのが原因で怒っているの？」

またしても図星だ。雅巳は悔しさと恥ずかしさで一気に涙目になった。

小城に馬鹿にされているのではと思う原因が、そこにある。小城は優しくない。丁寧で執拗な愛撫を与えてくれるから愛されているのかと思えば、冷たい顔と言葉で突き放すこともある。雅巳はこの一ヵ月、何度も途方に暮れた。小城がいったいどういうつもりなのかわからない。小城を好きになったつもりはなかった。無理やり抱かれて好きになれるわけがないし――。

「バカだなぁ」

小城がそっと抱きしめてきた。白いコートからは、小城がいつもつけているトワレが香ってくる。尖《とが》っていた神経が、すぐに違った種類の鋭敏さに支配されていく。体が三日ぶりのセックスに期待しはじめているのだ。雅巳は、いつしかこの香りに飼いならされていた。

「さあ、君の部屋に行こう。明日は休みだろう？　朝までかわいがってあげる。死ぬほどいかせてあげるよ」

囁《ささや》きに、全身がカッと燃えるように熱くなった。手を引かれ、タクシーに乗せられる。小城の微笑みから視線をそらせなくて、繋いだ手を解《ほど》くことができなくて、雅巳は快楽に弱いおのれを呪うしかなかった。

おわり

D E A R + N O V E L

耳たぶに愛《みみたぶにあい》

この本を読んでのご意見、ご感想などをお寄せください。
名倉和希先生・佐々木久美子先生へのはげましのおたよりもお待ちしております。
〒113-0024 東京都文京区西片2-19-18 新書館
[編集部へのご意見・ご感想] ディアプラス編集部「耳たぶに愛」係
[先生方へのおたより] ディアプラス編集部気付 ○○先生

初出
耳たぶに愛：小説DEAR+ 09年ハル号（Vol.33）
愛を叫ぶ：書き下ろし

新書館ディアプラス文庫

著者：名倉和希 [なくら・わき]
初版発行：2011年1月25日

発行所：株式会社新書館
[編集] 〒113-0024 東京都文京区西片2-19-18 電話(03)3811-2631
[営業] 〒174-0043 東京都板橋区坂下1-22-14 電話(03)5970-3840
[URL] http://www.shinshokan.co.jp/
印刷・製本：図書印刷株式会社

定価はカバーに表示してあります。乱丁・落丁本はお取替えいたします。
ISBN978-4-403-52256-7

S H I N S H O K A N

one coin lover イラスト 前田とも
タイミング イラスト 前田とも

✤菅野 彰《すがの・あきら》
眠れない夜の子供 イラスト 石原 理
愛がなければやってられない イラスト やまかみ梨由
17才 イラスト 坂井久仁江
恐怖のダーリン♡ イラスト 山田睦月
青春残酷物語 イラスト 山田睦月
なんでも屋ナンデモアリ アンダードッグ ①② イラスト 麻生 海

✤菅野 彰&月夜野 亮《すがの・あきら&つきよの・あきら》
おおいぬ荘の人々 全7巻 イラスト 南野ましろ（※②定価620円）

✤清白ミユキ《すずしろ・みゆき》
ボディーガードは恋に溺れる イラスト 阿部あかね

✤砂原糖子《すなはら・とうこ》
斜向かいのヘブン イラスト 依田沙江美
セブンティーン・ドロップス イラスト 佐倉ハイジ
純情アイランド イラスト 夏目イサク（※定価651円）
204号室の恋 イラスト 藤井咲耶
言ノ葉ノ花 イラスト 三池ろむこ
言ノ葉ノ世界 イラスト 三池ろむこ
恋のはなし イラスト 高久尚子
虹色スコール イラスト 佐倉ハイジ
15センチメートル未満の恋 イラスト 南野ましろ
スリープ イラスト 高井戸あけみ

✤篁 釉以子《たかむら・ゆいこ》
パラリーガルは競り落とされる イラスト 真山ジュン
執務室は違法な香り イラスト 周防佑未

✤たかもり諫也（鷹守諫也 改め）《たかもり・いさや》
夜の声 冥々たり イラスト 藍川さとる
秘密 イラスト 氷栗 優
咬みつきたい。 イラスト かわい千草

✤玉木ゆら《たまき・ゆら》
元彼カレ イラスト やしきゆかり
Green Light イラスト 蔵王大志
ご近所さんと僕 イラスト 松本 青
ブライダル・ラバー イラスト 南野ましろ

✤月村 奎《つきむら・けい》
believe in you イラスト 佐久間智代
Spring has come! イラスト 南野ましろ
step by step イラスト 依田沙江美
もうひとつのドア イラスト 黒江ノリコ
秋霖高校第二寮 全3巻 イラスト 二宮悦巳
エンドレス・ゲーム イラスト 金ひかる（※定価682円）
エッグスタンド イラスト 二宮悦巳
きみの処方箋 イラスト 鈴木有布子
家賃 イラスト 松本 花
WISH イラスト 橋本あおい
ビター・スイート・レシピ イラスト 佐倉ハイジ
秋霖高校第二寮リターンズ 全3巻 イラスト 二宮悦巳
レジーデージー イラスト 依田沙江美
CHERRY イラスト 木下けい子

✤鳥谷しず《とりたに・しず》
スリーピング・クール・ビューティ イラスト 金ひかる

✤名倉和希《なくら・わき》
はじまりは窓でした。 イラスト 阿部あかね
耳たぶに愛 イラスト 佐々木久美子

✤ひちわゆか《ひちわ・ゆか》
少年はKISSを浪費する イラスト 麻々原絵里依
ベッドルームで宿題を イラスト 二宮悦巳
十三階のハーフボイルド① イラスト 麻々原絵里依（※定価620円）

✤日夏塔子（榊 花月）《ひなつ・とうこ》
アンラッキー イラスト 金ひかる
心の闇 イラスト 紺野けい子
やがて鐘が鳴る イラスト 石原 理（※定価714円）

✤前田 栄《まえだ・さかえ》
ブラッド・エクスタシー イラスト 真東砂波
JAZZ 全4巻 イラスト 高群 保

✤松岡なつき《まつおか・なつき》
【サンダー&ライトニング 全5巻】 イラスト カトリーヌあやこ
30秒の魔法 全3巻 イラスト カトリーヌあやこ
華やかな迷宮 全5巻 イラスト よしながふみ

✤松前侑里《まつまえ・ゆり》
月が空のどこにいても イラスト 碧也ぴんく
雨の結び目をほどいて イラスト あとり硅子
空から雨が降るように 雨の結び目をほどいて2 イラスト あとり硅子
ピュア½ イラスト あとり硅子
地球がとっても青いから イラスト あとり硅子
猫にGOHAN イラスト あとり硅子
その瞬間、ぼくは透明になる イラスト あとり硅子
籠の鳥はいつも自由 イラスト 金ひかる
階段の途中で彼が待ってる イラスト 山田睦月
愛は冷蔵庫の中で イラスト 山田睦月
水色ステディ イラスト テクノサマタ
空にはちみつムーン イラスト 二宮悦巳
月とハニーベア イラスト 二宮悦巳
Try Me Free イラスト 高星麻子
リンゴが落ちても恋は始まらない イラスト 麻々原絵里依
星に願いをかけないで イラスト あさとえいり
カフェオレ・トワイライト イラスト 木下けい子
プールいっぱいのブルー イラスト 夢花 李
アウトレットな彼と彼 イラスト 山田睦月
ピンクのピアニシモ イラスト あさとえいり
パラダイスより不思議 イラスト 麻々原絵里依
もしも僕が愛ならば イラスト 金ひかる
春待ちチェリーブロッサム イラスト 三池ろむこ
コーンスープが落ちてきて イラスト 宝井理人
真夜中のレモネード イラスト 宝井理人
センチメンタルなビスケット イラスト RURU
はちみつグラデーション イラスト 夏乃あゆみ

✤真瀬もと《まなせ・もと》
スウィート・リベンジ 全3巻 イラスト 金ひかる
きみは天使ではなく。 イラスト あとり硅子
背中合わせのくちづけ 全3巻 イラスト 麻々原絵里依
熱情の契約 イラスト 笹生コーイチ
上海夜想曲 イラスト 後藤 星
太陽は夜に惑う イラスト 稲荷家房之介

✤夕映月子《ゆえ・つきこ》
天国に手が届く イラスト 木下けい子

✤渡海奈穂《わたるみ・なほ》
甘えたがりで意地っ張り イラスト 三池ろむこ
ロマンチストなろくでなし イラスト 夏乃あゆみ
神さまと一緒 イラスト 窪スミコ
マイ・フェア・ダンディ イラスト 前田とも
夢は廃墟をかけめぐる☆ イラスト 依田沙江美
恋になるなら イラスト 富士山ひょうた
さらってよ イラスト 麻々原絵里依
正しい恋の悩み方 イラスト 佐々木久美子
手を伸ばして目を閉じないで イラスト 松本ミーコハウス
ゆっくりまっすぐ近くにおいで イラスト 金ひかる
兄弟の事情 イラスト 阿部あかね
恋人の事情 兄弟の事情2 イラスト 阿部あかね
未熟な誘惑 イラスト 二宮悦巳
たまには恋でも イラスト 佐倉ハイジ
カクゴはいいか イラスト 三池ろむこ